Das

Sträflingsschiff

oder

Bernhard Burgdorfs Abenteuer

Eine Seegeschichte

von

Friedrich Meister

Original ca. 1910 Verlag Neufeld & Henius, Berlin
Neufassung und Digitalisierung von Peter M. Frey

Bibliografische Information der Deutschen National-bibliothek. Die Deutsche Nationalbibliothek verzeichnet diese Publikation in der Deutschen Nationalbibliografie; detaillierte bibliografische Daten sind im Internet über http://dnb.d-nb.de abrufbar.

Das Sträflingsschiff oder Bernhard Burgdorfs Abenteuer

Eine Seegeschichte von Friedrich Meister

Neufassung und Digitalisierung von Peter M. Frey.
In der Neufassung nimmt Peter M. Frey leichte Veränderungen am Originaltext vor, die der Lesbarkeit und der Übertragung in die heutige Zeit geschuldet sind. Ziel ist es, den Charakter des Originals so weit wie möglich zu erhalten. Peter M. Frey arbeitet als Publizist und Autor in Süddeutschland.

Copyright © 2017 Peter M. Frey
Herstellung und Verlag
BoD - Books on Demand, Norderstedt
ISBN 9783743191419

Friedrich Meister

Friedrich Meister wurde 1848 in Baruth in Brandenburg geboren und starb 1918 in Berlin. Er war ursprünglich ein Seefahrer der alten Schule. Zu seiner Zeit wurde der überseeische Handelsverkehr zum größten Teil noch durch Segelschiffe besorgt. Auf solchen Segelschiffen fuhr Friedrich Meister zehn Jahre lang durch alle Meere - die Polarmeere ausgenommen - und bei Sonnenschein und Sturm erlebte er manches Abenteuer. Dabei lernte er fremde Länder und Völker kennen. Er bereiste China, Siam, Japan und den Südsee-Archipel bis zur Küste von Neu-Guinea und nördlich davon, die Philippinen. Er war in Westindien, Nord- und Südamerika, England, Italien und Griechenland. Er sah die »Sultansstadt am Goldenen Horn«, das heutige Istanbul, und die Westküsten des Schwarzen Meeres. In Japan erkrankte er an einem Augenleiden, das ihn schließlich dazu zwang, den Seemannsberuf aufzugeben. An Land wusste er zunächst nicht, wovon er leben sollte. Er versuchte dies und das und gelangte schließlich zur Schriftstellerei. Friedrich Meister ist Autor zahlreicher Jugendbücher.

Aus dem Vorwort von ‚Burenblut'

Inhaltsverzeichnis

Erstes Kapitel. 9
Auf dem Strand von Borkum. - »Diese Sucht nach Abenteuern ist ungesund!« - Der Schwimmer.
«Ich will den Menschen da draußen retten«.

Zweites Kapitel. 19
Im Kampf mit Sturm und Wogen. - Ein Wahngebild.
»Wie ist Ihnen jetzt, junger Herr?« - Das Feuerschiff.

Drittes Kapitel. 28
In der Kajüte des Feuerschiffs. - Unzuverlässige Äquinoktialstürme - Westindische Erinnerungen. Grogwetter.

Viertes Kapitel. 35
Warum Harmsen an Deck rennt. - Die großen Seestiefel. Der Zusammenstoß. - Im Wrackzeug der Kreuzmarsstange. Abermals gerettet. - An Bord des »Jupiter«. - Der Steward. Der Doktor.

Fünftes Kapitel. 50
Bernhard und Kapitän Johnston. - Ein Schiff in Sicht. Warum Bernhard an Bord bleibt. - »Sie kennen das Schiff noch nicht, auf dem Sie sich befinden.

Sechstes Kapitel. 61
Die Zwischendeckspassagiere des »Jupiter«. - Hauptmann Westall. - Der Doktor in Todesgefahr. - Der Retter. - Disziplin.

Siebentes Kapitel **75**
Warum der Doktor Maitland einen Sträfling niederschießt und warum er, nach Bernhards Meinung, das beste Herz hat. Des Doktors salomonischer Spruch. - Wie Bernhard und Nummer 473 Freundschaft schließen. - »Croker also heißt der Kerl?« - Etwas von den fliegenden Fischen. Was Bernhard erlauschte.

Achtes Kapitel **90**
In der Tafelbai. - An Land. - »Kein einziger Löwe in Sicht!« »Die Gigmannschaft ist davongelaufen!« - Das Boot unter dem Bug. - Warum der Doktor auch desertieren will. - Die neue Mannschaft. - Des Bootsmanns Bedenken. - Was Bernhard sah, als der Mond aufging. - Das Wrack. Westall sieht einen Geist.

Neuntes Kapitel. **105**
Bernhard erfährt, was ein Langschwein ist. - Der Goldapostel. Drohende Anzeichen. - »Wer untersteht sich da, zu rauchen!« »In Gold bis an den Bauch!«

Zehntes Kapitel. **115**
»Feuer!« - Ein brennender Mann. - Bernhard zur Hilfe. Die Pulverkammer.

Elftes Kapitel. **122**
Die Meuterei. - Wie Kapitän Johnston den Aufrührern die Stirn bietet. - Was Clark, der Goldsucher, zu sagen hat. Beim Frühstück in der Kajüte. - Wo ist Westall? Clark mit der Parlamentärflagge.

Zwölftes Kapitel. 135
Was der Goldsucher dem Schiffer zu sagen hatte. - »Morgen sollen Sie meine Antwort haben.« - Kriegsrat. - Verschiedene Meinungen. - Bernhard sieht ein, dass Onkel Jan recht hatte. - Westall ist wieder da. - Im Kutter.

Dreizehntes Kapitel. 150
Was unter den Duchten verborgen war. - Kampf und Sieg. Die Mutter im Sturm. - Land!

Vierzehntes Kapitel. 157
Das Deckhaus auf dem Berg. - Warum Bernhard einen Freudenruf ausstieß. - Der Segler dort ist der »Jupiter!« Die Meuterer an Land. - »Es muss gehen!« - Warum der Schiffer die Hände gen Himmel streckt. - »Schiff in Sicht!«

Fünfzehntes Kapitel. 173
S.M. Dampffregatte »Gazelle«. - Zwanzig blaue Jungen an Bord des »Jupiter« - Seekadett Normann. - Warum Bernhard schluchzte. - Nochmals die Insel. - »Befinden wir uns vielleicht auf einer unrichtigen Insel?« - Was Bernhard und Westall im Deckhaus fanden. - Warum auch Westall die Hände zum Himmel hob.

Sechzehntes Kapitel. 189
Nach Kapstadt und London und heim. - Warum Vater Adrian dem Doktor die Rechte entgegenstreckt. Was Onkel Jan sagte. - Clarks Goldland.

Worterläuterungen. 193

Erstes Kapitel.

Auf dem Strande von Borkum. - »Diese Sucht nach Abenteuern ist ungesund!« - Der Schwimmer. «Ich will den Menschen da draußen retten».

Es war ein windiger unfreundlicher Novembernachmittag in der ersten Hälfte der sechziger Jahre des 19. Jahrhunderts. Graue tiefhängende Wolken zogen langsam unter dem Firmament gen Westen, grau und düster breitete sich auch die kalte Nordsee dem Pol entgegen, besät mit unzähligen weißen hüpfenden Schaumkämmen. Möwen kreisten und strichen über der brausenden Flut hin und her, und einige Fischerboote strebten mit gereeften Segeln und unter dem Winddruck häufig tief nach Lee überholend, dem kleinen Hafen der heimatlichen Insel zu.

Nicht weit vom Strand, abseits von dem kleinen Dorf, erhob sich inmitten einer Gruppe alter Eichen ein geräumiges einstöckiges Landhaus. Man sah es dem seltsam verkrümmten knorrigen Geäst der Bäume an, dass sie sich all die langen Jahre ihres Daseins hartnäckig gegen die wilden Seewinde zu wehren gehabt hatten, und die Bauart des Hauses zeigte, dass sein Besitzer ihm eine ähnliche Widerstandskraft gegen die Stürme der Nordsee zu verleihen bemüht gewesen war.

Auf dem hohen durch Buhnen und Findlingssteine befestigten Gestade dieser unweit der Emsmündung gelegenen Insel spazierten zwei Männergestalten langsam dahin. Der eine mittelgroß, hager und mit stark ergrautem Haar und Bart, ein Mann von etwa fünfundsechzig Jahren, der andere ein frischer Jüngling, rotwangig, blauäugig, mit dunklem Kraushaar und einer Figur, die ungewöhnliche Muskelkraft und Geschmeidigkeit verriet. Sie hatten vor einer Viertelstunde das Landhaus verlassen; die wenigen Fischerleute, die des Weges kamen, grüßten sie achtungsvoll und freundlich und sie erwiderten die Grüße vertraulich und nicht weniger freundlich.

Die beiden Spaziergänger waren Oheim und Neffe, Jan und Bernhard Burgdorf.

Das Landhaus war vor Jahren von den Burgdorfs erbaut worden, den Inhabern der deutsch-amerikanischen Bankfirma Jan, Adrian und Detlev Burgdorf. Die drei Brüder entstammten der kleinen Stadt Norden in Ostfriesland. Sie waren, als sie noch sehr jung gewesen, nach Boston ausgewandert und hatten es dort im Lauf der Zeit mit friesischer Zähigkeit und friesischem Geschäftsinstinkt zu hohem Wohlstand gebracht. Ihr Bankhaus stand nicht allein in den Vereinigten Staaten, sondern auch in England und Deutschland in gutem Ruf.

Nur einer der Brüder, Adrian Burgdorf, war verheiratet gewesen, und zwar mit einer reichen, dabei aber liebenswürdigen Engländerin, die ihn sehr glücklich gemacht und ihm einen Sohn geschenkt hatte, der in Norden das Licht der Welt erblickte und den Namen Bernhard erhielt. Bald nach dem Tod der geliebten Gattin verließ der Witwer Boston und führte in der alten Heimat ein Leben stiller, der Erinnerung gewidmeter Beschaulichkeit. Die einzige Zerstreuung, der er sich ab und zu hingab, waren die Fahrten, die er an Bord seines Kutters weit in die Nordsee hinaus unternahm.

Nach einiger Zeit gesellte sich sein betagter Bruder Jan zu ihn; sie wohnten, je nachdem ihnen der Sinn stand, abwechselnd in der Stadt Norden und in dem Landhaus auf der Insel.

Bernhard, der einzige Erbe und Chef des Bankhauses Jan, Adrian und Detlev Burgdorf, war in Boston unter der Obhut seines zweiten Oheims Detlev geblieben, bis ihn sein Vater, zwei Monate vor dem Beginn unserer Geschichte, über den Ozean zu sich kommen ließ, sein Herz an dem geliebten Sohn zu erfrischen und mit ihm über die Zukunft zu reden, und es war nun schwer zu entscheiden, wer mehr an dem prächtigen Jüngling hing, ob der Vater Adrian oder der Onkel Jan.

Als unsere Spaziergänger eine Huk der gewundenen Küste passiert hatten, gewahrten sie ein großes Schiff, das draußen, eine Seemeile von der Insel, vor Anker lag.

»Das ist die preußische Fregatte *Gazelle*, die bald nach Ostasien abgehen soll, um Handelsverträge mit einigen exotischen Staaten abzuschließen«, sagte Bernhard. »Ach Onkel, wer da mit dürfte! Was für Abenteuer könnte man in jenen heidnischen Ländern erleben!«

»Ein seltsamer Wunsch aus dem Mund eines angehenden Bankiers«, erwiderte lächelnd der alte Herr. »Freilich, in meiner Jugend sind mir wohl auch derartige Gedanken gekommen, aber das Leben hat sie mir bald aus dem Kopf getrieben, zu meinem Glück. Ich habe manch einen wackeren Kerl gekannt, der jetzt lange verschollen ist, weil seine Abenteuerlust ihn zu Grunde gerichtet hat.«

»Das glaube ich dir gern, Onkel Jan«, entgegnete Bernhard, »andere aber sind durch ebendiese Abenteuerlust große Männer geworden. Denke nur an die großen Entdecker, an Kolumbus, an Balboa, an Cortez, an Pizarro, Magelhaes.«

»Ja, ja«, nickte der Onkel, »jeder nach seiner Art. Übrigens gibt es heute kaum noch etwas zu entdecken.«

»Daran liegt mir auch nichts, nur ein paar Abenteuer, aber richtige Abenteuer, möchte ich erleben. Das wird aber wohl ein frommer Wunsch bleiben. Vergangenen Monat bin ich sechzehn Jahre alt geworden, ich kenne Amerika, England, den Atlantischen Ozean, die Nordsee und was nicht sonst noch alles, und habe nichts aufzuweisen, was einem Abenteuer auch nur entfernt ähnlich sähe. Wenn man liest, wie noch viel jüngere Leute die großartigsten Abenteuer bestanden ...«

»Hör auf, Bernhard, du redest Unsinn«, unterbrach ihn der Onkel, indem er stehen blieb. »Ich hätte dich für verständiger gehalten! Diese Sucht nach Abenteuern ist ungesund für das Gemüt und den Geist, sie macht unfähig, das Leben und den Beruf mit Ernst und Energie aufzufassen. Denke daran, welche Stellung du einst auszufüllen berufen bist, und zerstöre die Hoffnungen nicht, die dein Vater und ich und dein Onkel Detlev auf dich gesetzt haben.«

»Sachte, lieber Onkel, sachte!«, rief der Jüngling heiter, »so war es nicht gemeint! Ich werde, so Gott will, eure Hoffnungen nicht zuschanden machen. So erpicht bin ich denn doch nicht auf Abenteuer. Ich habe mich mit dem Gedanken, mein Leben im Kontor zuzubringen, längst vertraut gemacht und denke mich von törichten Seitensprüngen gewissenhaft fernzuhalten. Horch ... was ist das?«

Sie hatten die Huk umschritten, die Fregatte war aus Sicht.

»Ich habe nichts gehört«, sagte der alte Herr. »Ich freue

mich, dass du so vernünftig denkst; das sichert dir eine glückliche Zukunft, frei von Abenteuern ... Tausend, wie hat der Wind auf einmal zugenommen! Sieh doch nur die See an«

»Da ist's wieder!«, rief Bernhard. »Als ob Leute da unten schrien!«

Der Onkel stand und lauschte.

»Ich höre nur die Brandung, weiter nichts«, sagte er.

Sie setzten ihren Weg fort, der sich jetzt dem Strand zu senkte. Vor ihnen, noch in ziemlicher Entfernung, lagen einige abgetakelte Fischkutter, die man hoch auf das Land gezogen hatte, um sie aus dem Bereich der Springtiden zu schaffen. Abseits davon konnte man auch eine Schonerjacht gewahren. Wieder schlug der Ton rufender Menschenstimmen, vom Winde verweht, schwach an Bernhards Ohr ... er konnte nur von jenseits der Kutter kommen.

»Ich muss wissen, was es da gibt!«, rief er und rannte der flachen Dünenhöhe zu, auf der die Kutter ... teils auf ihrer Backbord-, teils auf ihrer Steuerbordseite ... im Sand eingebettet lagen. Dort angelangt, erblickte er unter sich am Strand eine Gruppe von Leuten, die eifrig nach See hinausschauten und auf eine bestimmte Stelle in der schäumenden Flut deuteten, die ihre schweren Roller tosend gegen den Strand heranwälzte. Im nächsten Augenblick gewahrte er einen Gegenstand im Wasser, der seewärts abtrieb; was das für ein Gegenstand war, konnte er nicht erkennen.

Er sah sich nach dem Onkel um, der erst den vierten Teil des Dünenhügels erstiegen hatte, dann sprang er in langen Sätzen den sandigen Gang hinunter und rannte, unten angelangt, beinahe einen Mann über den Haufen, der, eine aufgeschossene Leine über dem Arm, in atemlosem Lauf daherkam.

»Was ist los?«, rief Bernhard dem an ihm vorbeirennenden Mann zu. Der aber antwortete nicht, drehte sich nicht um, schüttelte nur die Leine und wies nach der See hinaus. Bernhard folgte ihm, und noch ehe er die Gruppe der aufgeregten Leute erreicht hatte, wusste er, um was es sich handelte.

Draußen, im Gischt der kochenden Wogen, sah er den Kopf eines Schwimmers, der augenscheinlich vergeblich gegen die starke Strömung ankämpfte, die in westlicher Richtung an der Nordseite der Insel vorüberzog. Wenn er auch ab und zu einen kleinen Vorteil errang und der Küste ein wenig näher kam, dann kam jedes Mal eine mächtige Woge, hob ihn auf ihrem Kamm hoch empor und schleuderte ihn wie ein Stück Kork wieder zwanzig Fuß weiter in die See hinaus. Und bei diesen Gelegenheiten machten die machtlosen Zuschauer ihren Empfindungen durch das Geschrei Luft, das Bernhard aus der Ferne gehört hatte. Der Mann, den Bernhard angerufen hatte, war ohne einen Moment zu zögern bis zu seiner Leibesmitte in die Flut hineingelaufen und schleuderte nun aus aller Kraft die Leine dem Schwimmer zu.

Der Wurf ging fehl. Trotz des günstigen Windes fiel die am Ende der Leine angebrachte Schlinge zehn Fuß seitwärts von dem Schwimmer ins Wasser. Bernhard sah, wie der junge Mensch, fast noch ein Knabe, nicht älter als er selber, die größten Anstrengungen machte, die Leine zu erreichen, aber schon nach wenigen Stößen begrub ihn ein Schaumberg, unter dem er sich nur mühsam wieder emporrang.

»Hol in de Lin!«, schrie ein Mann. »Da muss ein Stück Holz drangebunden werden, und dann wieder raus damit!«

Die Leine wurde in fliegender Hast eingeholt und ein schnell herbeigeschafftes vier Fuß langes Stück eines zerbrochenen Riemens mit einem Webeleinsteck daran befestigt. Der Werfer, der sich in dem Wogenschwall kaum auf den Füßen halten konnte, schoss die Leine wieder auf, schwang das Riemenstück ein paar Mal um den Kopf und sendete es dann mit äußerster Kraftaufbietung über die tosenden Wasser hinaus. Er fiel drei Schritt vor dem Schwimmer nieder. Die Zuschauer stießen Freudenrufe aus. Als der junge Mensch jedoch danach griff, glitt es einen Wogenhang hinab, wurde im nächsten Moment wieder emporgerissen und von einem schäumend brechenden Kamm dem Ärmsten mitten ins Gesicht geschleudert.

Er reckte die Hände aus dem Wasser, dann sah man nichts mehr in dem weißen Schaum, als das Stück Holz. Der Schlag hatte den Schwimmer betäubt, er war untergegangen wie ein Stein.

Stumm, und mit entsetzten Gesichtern starrten die Zuschauer nach dem Ort der Katastrophe. So ausschließlich war die Aufmerksamkeit aller dorthin gerichtet, dass niemand wahrnahm, wie Bernhard sich in größter Eile seiner Oberkleider und Schnürschuhe entledigte. Rasch trat er an die beiden Männer heran, die noch mehr von der Leine aufsteckten, in der Hoffnung, dass das Stück Holz im Bereich des Schwimmers sein möchte, wenn dieser wieder auftauchen sollte.

»Wat!«, rief der eine, als Bernhard seinen Arm fasste. »Wat haben Sie vor, Herr Burgdorf? Was wollen Sie tun?«

»Meine Pflicht«, sagte Bernhard. »Ich will den Menschen

da draußen retten.«

»Das können Sie nicht, das ist unmöglich«, entgegnete der andere Mann.

»Jedenfalls werde ich's versuchen«, sagte Bernhard fest. »Holen sie fix die Leine ein, die muss ich haben.«

»Aber um Gotteswillen, junger Mann, Sie begeben sich unnütz in Gefahr …«

»Holen Sie die Leine ein, oder ich gehe ohne Leine ins Wasser!«, rief Bernhard ungeduldig. Er sah seinen Onkel den Dünenhang herabkommen; wenn er nicht im Wasser war, ehe er ihn erreichte, dann wurde nichts aus seinem Rettungswerk, das wusste er genau.

»Aber so beeilt euch doch, Leute!«, rief er; »holt die Leine ein und zwingt mich nicht, mich zum Narren zu machen und zu ersaufen!«

Dabei riss er heftig an der Leine.

»Gut«, sagte der Mann, der die Leine gebracht hatte; »wenn der junge Herr darauf besteht, ich will ihm nicht zuwider sein.«

Und kurz entschlossen nahm er die Leine über die Schulter und rannte damit so schnell landeinwärts, dass das Riemenstück von einer Woge zur anderen schnellte und in kürzester Zeit auf dem Strand lag.

Der andere Mann löste die Leine davon ab und schlang sie Bernhard über die linke Schulter und unter dem rechten Arm durch. Er war noch beim Schürzen des Knotens, da lenkte ein Aufschrei der Leute beider Blicke nach See hinaus. Der bewegungslose Körper des Schwimmers war aufgetaucht und entfernte sich mehr und mehr vom Land. Bernhard schaute sich schnell noch einmal nach seinem Onkel Jan um, der eilig über die Strandkiesel herangestolpert kam, ihm laut zurief und angstvoll winkte, dann wendete er sich ab und hatte sich im nächsten Moment mitten in die tosenden Wogen gestürzt. Er war ein vorzüglicher Schwimmer und hatte im Wasser niemals Ermüdung gekannt; er hatte aber auch noch niemals mit einer hinter ihm dreinschleppenden Leine schwimmen müssen, was ihn jetzt sehr erheblich hinderte. Zum Glück war die Strömung ihm günstig.

Mutig kämpfte er sich vorwärts ... stundenlang, wie er meinte, obgleich er tatsächlich kaum erst fünf Minuten im Wasser war ... da gab ihm die Leine auf einmal einen starken Ruck. Konnte sie sich irgendwo verfangen haben? Er legte sich auf den Rücken und zog und riss an der Leine; sie gab nicht nach. Von einer Woge hochgehoben konnte er die Leute am Strand erblicken. Der Mann, der die Leine handhabte, stand bis an die Brust im Wasser; er steckte nicht mehr aus, aus dem einfachen Grund, weil die ganze Länge der Leine bereits ausgesteckt war.

Bernhard konnte also nicht weiter. Der Gedanke umkehren zu müssen, ohne seinen Zweck erreicht zu haben, erfüllte ihn mit Groll und Bitterkeit. Eine hohe See brach über ihn her und begrub ihn. Er konnte sich ihr nicht entziehen, da die Leine ihn gefangen hielt. Er dreht sich auf die Seite und sah nun plötzlich, kaum zwei Fuß außerhalb seines Bereichs, ein weißes Menschenantlitz mit einem blutigen Flecken darauf, das ihn anzustarren schien.

Er machte wilde verzweifelte Anstrengungen, es zu erreichen ... umsonst, die Leine hielt ihn zurück, und wenige Sekunden später war das verwundete Gesicht um mehrere Fuß weiter abgetrieben. Da fiel ihm ein, sich von der Leine loszubinden; das dadurch frei werdende Stück musste sie um so viel verlängern, dass er, wenn er mit der Linken das äußerste Ende fasste, mit der Rechten irgendeinen Körperteil des Verunglückten ergreifen konnte.

Er begann Wasser zu treten, um den unter seinem Arm sitzenden Knoten lösen zu können; plötzlich fühlte er sich frei, der Zug der Leine hatte nachgelassen und zugleich warf ihn eine See unmittelbar auf den Leib des Bewusstlosen, der ihm soeben noch unerreichbar gewesen war. Man hatte an Land die Leine verlängert; unser junger Held konnte freilich nicht wissen, dass man dies nur mit Hilfe seines Oheims großem seidenen Halstuch und dem gestrickten Wollschal eines der Fischer hatte bewerkstelligen können.

Es wurde Bernhard jetzt nicht schwer, den Kopf des jungen Menschen über den Wogen zu halten, als aber die Leute am Land die Leine anzuziehen begannen, da drückte die Strömung ihn unter, so dass er an dem eingeschluckten Wasser beinahe erstickte. All sein Ringen half ihm nichts. Die Fischer erkannten bald seine Not und hielten mit dem Einholen inne.

Jetzt kam ihm ein Gedanke. Er löste sich von der Leine, schlang diese um den Oberkörper des Regungslosen und schrie den Leuten zu, aufs Neue einzuholen. Mit einer Hand hielt er die Leine gefasst, mit der anderen strich er aus und ließ sich so mitreißen. Die Leute zogen mit aller Macht, wodurch der Knoten der Schlinge vom Rücken des leblosen jungen Menschen nach dessen Brust herumglitt, so dass dieser mit dem Gesicht nach unten und tief im Wasser fortgezogen wurde. Bernhard versuchte, seine Hand in die Schlinge zu bringen, aber die am Land taten ihr Werk zu eifrig und im Nu war der andere seinem Griff entrissen. Jetzt befand er selber sich in der verzweifelten Lage, der er den anderen zu entreißen versucht hatte.

Zweites Kapitel.

Im Kampf mit Sturm und Wogen. - Ein Wahngebild.
»Wie ist Ihnen jetzt, junger Herr?« - Das Feuerschiff.

Er rang mit den endlos über ihn hereinbrechenden Seen, die Strömung führte ihn weiter und weiter vom Land, und er wusste, dass sie mit der zunehmenden Ebbtide noch stärker werden würde. Zudem schien es ihm, als ob der Sturm sich mit dem Niedergang der Sonne immer mehr aufmachte.

Bei alledem war er sich bewusst, dass seine Kraft noch nicht im mindesten erschöpft war, und dass er sich, wenn kein Krampf ihn befiel, wohl noch eine Stunde und länger über Wasser halten könnte.

Er drehte sich um und schwamm auf dem Rücken, um nicht vorzeitig zu ermüden und sich ohne eigene Tätigkeit, von den Seen geschaukelt, mit der Strömung treiben zu lassen. Hilfe konnte ihm jetzt nur noch durch ein Boot werden, und da kam es nicht darauf an, ob man ihn ein paar hundert Schritt näher oder entfernter vom Land aufsammelte. Würden aber die Leute, die seine Rettung erstrebten, sich auch noch zur rechten Zeit in den Besitz eines Bootes setzen können? Er kannte alle Fahrzeuge, die innerhalb der nächsten Stunde in Betracht kommen konnten. Die Fischerboote lagen jetzt unterhalb des eine Viertelstunde entfernten Dorfes hoch auf dem Land, auf die konnte er also nicht rechnen. Seines Vaters Boote befanden sich bereits in ihren Winterquartieren, einem festen Bootshaus, das ebenfalls eine gute Viertelmeile entfernt lag. Und selbst wenn Harmsen, seines Vaters Bootsmann, bereits von der Gefahr, in der sein junger Herr sich befand,

Kenntnis erhalten hätte, so müsste doch mindestens eine Stunde darüber hingehen, ehe er ein Boot klargemacht, zu Wasser gebracht und ihn hier draußen aufgefunden hätte; und bis dahin war's längst finster geworden.

Nachdem er sich eine Weile so hatte treiben lassen, warf er sich wieder herum, um mit kräftigen Bewegungen eine Strecke zu schwimmen, damit ihn nicht etwa ein Krampf überkäme. Von dem Gipfel einer hohen Woge gewahrte er, wie weit entfernt das Land bereits war und wie düster die Dämmerung sich schon über das Meer und Land gelegt hatte. Er konnte nicht mehr erkennen, ob noch Leute am Strand waren oder nicht.

Er fragte sich, ob es den Fischern wohl gelungen war, den jungen Menschen ins Leben zurückzurufen, und dieser Gedanke kam ihm gerade in dem Moment, in dem er in ein Wogental hinabgerissen wurde.

Von der Höhe der nächsten See lugte er nach der Richtung aus, von wo, wie er meinte, das rettende Boot kommen müsste. Er sah aber nichts als die zornigen weißen Kämme der brechenden Seen, er hörte nichts als das eintönig tosende Gebrüll der wilden Flut.

Bis jetzt war noch keine Furcht, keine Besorgnis über ihn gekommen, als aber nach Verlauf einer weiteren Spanne Zeit ... wie kurz oder lang diese gewesen, er wusste es nicht ... ein Licht in der Ferne auftauchte, das nur von dem etwa vier Seemeilen entfernten Feuerschiff ausgehen konnte, das an einer gefährlichen Stelle vor der holländischen Küste verankert war, da begann ihm doch etwas bange ums Herz zu werden.

War es möglich, dass er schon so weit in die See hinausgetrieben sein konnte?

Und wenn dies wirklich der Fall war, wie stand es dann mit der Aussicht, jetzt noch von einem Boot aufgefunden zu werden?

Jetzt wurde er sich auch plötzlich der erstarrenden Kälte des Wassers bewusst. Der Sturm nahm zu, die Seen wurden ungestümer. Sie schmetterten ihre Kämme in sein Antlitz, so dass er minutenlang geblendet wurde; die Fluten wälzten sich über ihn und nahmen ihm den Atem.

Er schluckte Wasser zum Ersticken und während er auf Leben und Tod um Atem rang, überkam ihn eine Hoffnungsmüdigkeit, die seiner Natur ganz fremd war. Nicht dass er fürchtete, sich nicht mehr länger halten zu können, aber eine stumpfe Gleichgültigkeit bemächtigte sich seiner. Die Finsternis wurde dichter, eine schwere Bö peitschte die See, Regen und Hagel trafen seinen Kopf wie Schrot aus der Flinte.

»Warum soll ich mich noch weiter abquälen, es nützt ja doch nichts«, so ging es ihm halb unbewusst durch das Hirn. Seine Besinnung begann sich zu verwirren. Von plötzlichem Entschluss erfasst, wendete er dem Feuerschiff den Rücken und schwamm mit aller Energie dem Land zu, das er höchstens hundert Schritt entfernt wähnte.

Aber schon wenige Minuten später hatte er dies Ziel vergessen. Nein, nicht landwärts schwamm er, sondern hinter einem Boot her, das ein junger Mensch, ein Knabe, von ihm fortruderte, auf dessen bleichem Gesicht ein blutiger Flecken war. Der Knabe lachte über sein vergebliches Bemühen und rief ihm höhnende Worte zu.

Er schrie ihm Drohungen nach und gab die Verfolgung auf, war doch das Feuerschiff dicht neben ihm. Warum sollte er nicht zum Feuerschiff schwimmen?

Zum Feuerschiff?!

Wie konnte er nur in solch einen seltsamen Irrtum verfallen! Das Licht strahlte ja aus dem Wohnstubenfenster seines väterlichen Hauses, das konnte doch jeder sehen!

Ja, auf das Licht musste er zuschwimmen.

Aber auf welches Licht? Da waren zwei Lichter, eines voraus und eins an seiner Seite.

Wie ging das zu? War das ein schlechter Scherz des Knaben mit dem blutigen Gesicht? Wie grausam! Er sehnte sich doch so sehr nach Hause, nach der trauten, behaglichen Wärme, denn hier draußen fühlte er sich so kalt, so elend!

Das Licht kam näher, kam ganz dicht heran und beleuchtete, wie er meinte, das ihn aus der Finsternis anstarrende Gesicht des Knaben.

»Fort mit dir!«, rief er, »fort, fort! Ich mag nichts mehr mit dir zu schaffen haben! Ich will nach Hause, nach Hause!«

Der Knabe mit dem Licht schrie ihm eine Antwort zu; dann war's ihm, als würde ihm die Laterne ins Gesicht geschleudert. Er wehrte sich wütend gegen die Hand, die ihn beim Haar packte und ihn emporzog; er schrie und schlug auf die Hände, die ihn unter den Achseln ergriffen und ihn, wie es schien, hoch in die Luft wirbelten. Aber all seine Gegenwehr war vergebens, er fühlte sich überwältigt, niedergeworfen, er lag hilflos und war nicht imstande, ein Wort zu sprechen.

Nach und nach begann er um sich zu tasten, und endlich öffnete er die Augen. Er war nicht mehr im Wasser, er lag in einem Boot. Die Laterne beleuchtete mit ungewissem Schein das Gesicht eines Mannes, den er schon einmal irgendwo gesehen haben musste. Mit einem Schlag wurde es jetzt wieder hell in seinem Hirn und er erinnerte sich der jüngsten Vorgänge ganz genau. Unklar blieb ihm nur, wie er in dies Boot gelangt war.

»Wie ist Ihnen jetzt, junger Herr?«, schrie ihm eine Stimme ins Ohr. Die Worte waren ihm, trotz der dabei aufgewendeten Lungenkraft, bei dem ungeheuren Getöse, das der Sturm und die See verursachten, kaum vernehmlich.

»Was?«, schrie Bernhard zurück, »Sie sind's, Harmsen? Wie kommen Sie denn hierher?«

Seine Stimme war jedoch so schwach, dass der andere nichts verstand.

»Lassen Sie mal, junger Herr«, brüllte dieser, »das Schnacken besorgen wir nachher. Zuerst ziehen Sie mal Ihre Sachen an, ich habe das Zeug mitgebracht, es ist ganz trocken, weil ich es unter meiner Jacke hatte. Die Mütze ist nicht dabei, die habe ich wohl verloren. Ich habe das Zeug aufgesammelt als ich zu dem Boot lief.«

Bernhard nickte nur, das Reden wäre vergebliche Mühe gewesen. Er lag ganz warm und bequem auf einer Presenning, nicht mehr in dem nassen Unterzeug, sondern eingewickelt in einen mächtig großen und dicken wollenen Sweater, den er als Harmsens Eigentum erkannte. Er raffte sich auf und legte seine Kleider an, was in dem winzig kleinen, wild umhergeworfenen Boot seine Schwierigkeiten hatte. Da auch die Schuhe und Strümpfe fehlten, steckte er seine Füße unter eine Falte der Presenning und begann über seine Lage nachzudenken. Es war ein Wunder, dass er am Leben geblieben und nicht Futter für die Fische geworden war. Harmsen, so sagte er sich, musste des Weges gekommen sein, die Leute am Strand bemerkt und von ihnen erfahren haben, dass sein junger Herr draußen mit der Strömung und der wilden See kämpfte. Er, Bernhard, und sein Onkel Jan hatten weiter oben eine Jacht und das kleine Boot derselben auf dem Trockenen liegen sehen, und dies Boot musste Harmsen eingefallen sein. Er hatte sich desselben bemächtigt, Riemen, Mast und Segel lagen darin, und so war er ohne sich lange zu besinnen nach der Gegend gesegelt, wo sein junger Herr, von der Strömung geführt, zu finden sein musste, vorausgesetzt, dass er sich so lange über Wasser hatte halten können.

Für das Vorhandensein der brennenden Laterne fand er zunächst keine Erklärung. Harmsen sagte ihm später, dass sie von den Leuten gebraucht worden war, die den Boden der Jacht geteert hatten. Er hatte sie an der Mastspitze befestigt gehabt, damit ihr Licht weiter sichtbar würde. Bei ihrem schwachen Licht hatte Harmsen Bernhards Kopf in dem weißen Schaum entdeckt, und dieses Licht war es auch gewesen, das der junge Mann, kurz bevor er das Bewusstsein verlor, für etwas ganz anderes gehalten hatte, wie der Leser weiß. Harmsen kauerte in den Sternschoten und hielt mit der einen Hand die Ruderpinne, mit der anderen die Schot des Breitfock-Segels, bereit, sie im Moment loszulassen, wenn eine Bö kommen sollte.

Die Breitfock war dicht gereeft und das Boot lief glatt vor dem Winde. Bernhard fragte sich, ob der Wind sich seit Sonnenuntergang wohl geändert habe; war das nicht der Fall, dann ging die Fahrt jetzt in die offene See hinaus, denn der Sturm wehte vom Land her. Er hob den Kopf vorsichtig bis zur Höhe der Reling und lugte unter dem Bogen des Unterlieks des Segels nach vorn. Da gewahrte er wenige Striche nach Steuerbord das Licht des holländischen Feuerschiffes, das jedoch sogleich wieder durch das dichte

Schneetreiben verschleiert und unsichtbar gemacht wurde.

Die alle paar Minuten über das Boot herfallenden Böen brachten starke Hagelschauer mit, so dass Bernhard es für geraten fand, sich die Presenning über den bloßen Kopf zu ziehen.

»Wie steht's, junger Herr?«, brüllte Harmsen ihm ins Ohr.

»O, vortrefflich«, brüllte Bernhard so fidel, als es ihm möglich war, zurück. »Ich fürchte aber, dass der Sturm uns noch was zu schaffen machen wird.

Harmsen zuckte die Achseln.

»Jedenfalls werden Sie heute zur Abendbrotzeit nicht zu Hause sein«, schrie er. »Ich kann mit der Breitfock nicht über Stag gehen, das kleine Boot würde sofort vollschlagen.«

»Das sehe ich ein«, brüllte Bernhard.

»Wir müssen versuchen, an Bord des Feuerschiffs zu kommen«, fuhr Harmsen fort, »und da an Bord bleiben bis morgen früh. Bis dahin wird der Wind wohl geraumt haben, so dass wir zurücksegeln können. Weiter ist nichts zu machen.«

»Gut. Also auf zum Feuerschiff!«, schrie Bernhard munter. »Ich bin so hungrig wie ein Hecht.«

Eine neue Hagel- und Schneebö schnitt diese Unterhaltung ab. Sie jagte das kleine Fahrzeug mit rasender Schnelligkeit durch die dichte Finsternis, und es bedurfte der ganzen Kraft und Geschicklichkeit Harmsens, zu verhüten, dass die Seen hereinschlugen und es füllten. Vergeblich spähte er dabei nach dem Feuerschiff au. Die Atmosphäre war so voll von Schnee und Hagel, dass er das Licht nicht wahrnehmen konnte.

»Wenn das so bleibt«, brummte er vor sich hin, »laufen

wir am Feuerschiff vorbei und am Ende gar in den Englischen Kanal hinein, wenn das kleine Biest von Seelenverkäufer nicht vorher kentert!«

Er hatte sich soeben aus seiner kauernden Stellung ein wenig erhoben, um zu sehen, ob er nicht zufällig das Licht gewahrte, als Bernhard einen Schrei hören ließ und das volle blendende Licht der Laterne des Feuerschiffs, kaum fünfzig Schritt vom Boot entfernt, durch eine Lücke des Schneetreibens sichtbar wurde. Zu gleicher Zeit wurde Harmsen heftig in die Sternschoten zurückgeworfen, denn das Boot war mit großer Gewalt gegen einen Widerstand angerannt ... nicht gegen einen Teil des Feuerschiffs, sondern gegen etwas, das aus dem Wasser emporstieg.

Der Mast knickte um und fiel mit dem Segel über Bord, das Wasser stürzte von allen Seiten ins Boot hinein, das Harmsen unter sich schnell wegsacken fühlte. Bernhard war aufgesprungen und hing jetzt an etwas, das über das Boot schräg hinwegragte.

»Die Ankerkette!«, schrie er.

»Rauf mit Ihnen, junger Herr!«, brüllte der Bootsmann und klammerte sich gleichfalls an die Kette. »Rauf mit Ihnen, das Boot ist weggesackt!«

Der junge Mann arbeitete sich mit Händen und Beinen an der Ankerkette des Feuerschiffs aufwärts, denn diese war der Widerstand gewesen, der das Boot zum Sinken gebracht hatte. Die Kette stand so straff, dass das Gewicht der beiden an ihr Hängenden keinen Einfluss auf sie übte. Ehe sie noch die Klüse erreicht hatten, hörten sie von oben ermunternde Zurufe. Dann packte eine starke Hand den jungen Mann beim Kragen, andere Hände griffen auch zu und hoben ihn über das Bollwerk, und ehe er noch recht wusste, wo er war, stand Harmsen schon neben ihm, das Wasser aus seiner Kappe wringend.

»Feuchter Abend heute, Maaten«, bemerkte der Bootsmann gegenüber den drei Feuerschiffsleuten, die ihnen von der Ankerkette an Deck geholfen hatten.

Die drei waren derselben Ansicht.

Drittes Kapitel.

In der Kajüte des Feuerschiffs. - Unzuverlässige Äquinoktialstürme - Westindische Erinnerungen. - Grogwetter.

»Das ist ja ein ganz unerwartetes Vergnügen, meine Herren«, sagte der Kapitän des Feuerschiffes, der soeben an Deck gekommen war, »Sie haben mir aber gar nicht geschrieben, dass Sie uns heute Abend besuchen würden.«

»Nee, Kaptein«, antwortete Harmsen, »wir kriegten den Einfall ganz plötzlich. Wir dachten, Sie würden's uns übelnehmen, wenn wir nicht mit vorkämen, da wir doch in der Nähe waren.«

»Das war auch ganz richtig gedacht; es war aber auch wohl die höchste Zeit, dass Sie den Einfall kriegten.«

»Die allerhöchste Zeit, Kaptein. Entschuldigen Sie man, dass wir in der Eile die Fallreeptreppe verfehlt haben. Aber so froh sind noch kein König und kein Kaiser über seine goldene Treppe gegangen, wie wir den Katzensteig da raufgeklettert sind; ist das nicht so, Herr Bernhard?«

»Ja, Harmsen, das ist ein wahres Wort«, sagte er zähneklappernd.

»Viel Ehre für mich«, erwiderte der Kapitän. »Aber ich denke, wir gehen unter Deck. Frische Luft ist gesund, aber man kann auch zu viel davon kriegen. Sie haben für heute gerade genug gehabt, junger Herr, der warme Ofen wird Ihnen jetzt angenehmer sein.«

Das war Musik in Bernhards Ohren. Seine triefenden Kleider verursachten ihm eine sehr unangenehme Empfindung, barhäuptig und barfüßig stand er in dem schneidenden Sturmwind, und so war es kein Wunder, dass ihm die Zähne vor Frost aufeinanderschlugen. Aber schon nach kurzer Zeit lag er in des Kapitäns wohlgepolstertem Lehnstuhl, der, vor dem Wärme und Licht ausstrahlenden Ofen, am Fußboden der Kajüte festgeschraubt war. Er hatte das nasse Zeug abgezogen und sich in eine große warme Decke gehüllt. In diesem Kostüm, das an das eines rothäutigen Indianers erinnerte, hatte er eine Kumme heißen Kaffee getrunken und in Butter gebratenen Speck nebst Hartbrot verzehrt, eine Delikatesse, die der Mann, der den Kombüsendienst hatte, speziell für ihn bereitet hatte.

Mit dem wohligen Gefühl innerer und äußerer Wärme überkam ihn eine starke Schlafsucht. Vergebens wehrte er sich dagegen.

»Haben Sie erfahren«, wendete er sich mit mühsam offen erhaltenen Augen zu Harmsen, »ob der junge Mensch, den sie mit der Leine an Land geholt haben, wieder zu sich gekommen ist?«

»Plagen Sie sich doch nicht länger um den«, antwortete der Bootsmann; »der hat uns doch gerade genug zu schaffen gemacht.«

»Ich möcht's aber doch wissen«, beharrte Bernhard; »meinen Sie, dass er gerettet worden ist?«

»Ich habe keine Zeit gehabt, mich darum zu kümmern; ich habe bloß an Sie gedacht, denn die Leute, die die Leine einholen, hatten bloß Augen für den, der dran hing, und merkten nicht, dass Sie mit der Strömung nach See trieben.«

»Ich wüsste doch gern, ob er lebt.«

»Sie sollen sich keine Gedanken um den Esel machen!«, entgegnete Harmsen unwirsch. »Was zum Teufel hat er an so einem Novembertag ins Wasser zu laufen und zu baden!

Der lebt ganz sicher und ist wahrscheinlich besser dran als Sie in diesem Moment.«

»Dann müsste er ja ganz außerordentlich gut dran sein«, lächelte Bernhard und schloss müde die Augen.

Der Kapitän, der einen Blick an Deck getan hatte, kam wieder herab. Er schwenkte den nassen Schnee von seinem Südwester.

»Solch ein Schneefall und noch zwei Wochen bis ersten Dezember!«, sagte er. »Die Jahreszeiten haben sich verschoben. Als ich noch Junge und Matrose war, da war mehr Ordnung in der Sache. Die Äquinoktialstürme kommen heutzutage entweder zu früh, oder sie kommen zu spät. Früher dachte ich immer, wenn auf irgendetwas Verlass wäre, dann wären's die Äquinoktialstürme. Da aber auch die nicht mehr zuverlässig sind, worauf kann unsereiner da noch Vertrauen setzen?«

Er zog seine Pfeife aus der Tasche, holte einen Tabakkasten aus dem Wandschrank und ließ sich auf einem der festen Stühle nieder.

»Stört es den jungen Herrn, wenn wir rauchen?«, wendete er sich an Bernhard.

Ein Schnarchen Bernhards war die einzige Antwort.

Jeder der Männer entnahm dem Kasten ein Stück Blocktabak, schnitt die Späne in die hohle Linke und zerrieb sie, wobei die Maus des rechten Daumens als oberer Mühlstein diente. Dann wurden die Pfeifen geklopft und in Brand gesteckt und jeder tat schweigend ein paar nachdenkliche Züge.

Ein seltsames Bild. Der kleine Ofen in der Mitte, auf jeder Seite einer der bärtigen, wetterharten Seeleute, jeder nach vorn geneigt, den Ellbogen auf dem Knie, wie um das Halten der Pfeife zu erleichtern, die andere Hand auf der Lende des gegen den Ofen ausgestreckten Beins. Zwischen beiden, der auf dem niedrigen Stuhl lagernde Bernhard in seiner Decke, den rötlichen Schein der Ofenglut auf dem bleichen Antlitz. Über der Gruppe eine kleine Kugellampe, die an einem Querholz unterhalb des Oberlichtfensters hin und her schwankte.

Einige Minuten lang wurde kein Wort geredet. Dann nahm der Kapitän die Pfeife aus dem Mund und setzte seine Bemerkungen da fort, wo er aufgehört hatte.

»Ja, es ist anders geworden mit den Jahreszeiten, aber nicht besser«, sagte er. »Man weiß jetzt kaum, was der nächste Monat bringen wird; alles ist durcheinandergeraten. Haben wir im ganzen vergangenen Sommer vielleicht einmal eine ordentliche Hitze gehabt? Das Schiff hier hat nicht ein bisschen nach Werg und Teer gerochen, wie sich das im Hochsommer gehört. Es hätte ebenso gut an der Küste von Grönland liegen können.«

»Mögen Sie den Geruch von Werg und Teer so gern?«, fragte Harmsen.

»Warum nicht? Ich denke dabei immer an Westindien und die Küsten da herum, wo ich so oft gewesen bin.«

»Ich bin da auch oft gewesen«, sagte der Bootsmann, »aber ich glaube, es gibt nicht viele Leute, die sich gern an die Westindies erinnern.«

»Dann bin ich einer von den wenigen«, entgegnete der Kapitän. »Auf einer Reise nach Jamaika ließ uns das gelbe Fieber von einer Besatzung von zwanzig Mann nur neun Mann übrig.«

»Hm«, sagte der Bootsmann, »dann wundert es mich doch sehr, dass Sie sich gern an solche Zeiten erinnern.«

»Mich wundert das durchaus nicht«, erwiderte der Kapitän. »Wenn ich dran denke, wie das damals war, dann bin ich vergnügt und froh, jetzt an Bord dieses guten alten Feuerschiffs ein so gesundes und mackliges Leben führen zu können. Hab ich da nicht recht, Maat?«

Harmsen nickte, tat langsam und bedächtig einige Züge und fragte dann, ob der Kapitän ihn und seinen jungen Herrn am nächsten Tag, vorausgesetzt, dass dann das Wetter ruhiger geworden ist, in einem Segelboot heimbringen lassen könnte. An guter Bezahlung dafür würde es nicht fehlen.

Der Kapitän warf einen Blick auf den schlafenden Jüngling.

»Er muss guter Leute Kind sein, das sehe ich seinem Gesicht an«, sagte er.

»Das ist er«, bestätigte Harmsen. »Ein feiner junger Herr. Als ich bei seinem Vater in Dienst kam, da war er noch nicht größer als ein Seehund von zwei Monaten. Wenn Sie ihn da so liegen sehen, dann glauben Sie nicht, was er seit Sonnenuntergang alles durchgemacht und überstanden hat.«

»Er sieht ein bisschen angegriffen aus«, sagte der Kapitän.

»Angegriffen? Der? Nicht im Geringsten! Der ist nicht totzukriegen! Ich kenne ihn. Wissen Sie, er ist der Sohn von dem großen Bankhaus Jan, Adrian und Detlev Burgdorf in Boston. Der einzige Sohn und Erbe!«

»Was Sie sagen!«, entgegnete der Kapitän erstaunt.

»Ja, der einzige Sohn, der mal soviel Geld haben wird, dass er sich einen Dreidecker als Luftjacht halten kann. Und der rettet heute Abend einen Hansnarren aus der hochgehenden See, aus der Ebbströmung, die vier Knoten läuft, und wird dann selber fortgerissen. Ist das nicht lächerlich?«

»Das hat er getan?«

»Ja, Maat, das hat er getan, sonst wären wir jetzt nicht

hier. Ich habe ihn eingesammelt, in einem kleinen Boot. Wir steuerten vor dem Wind auf das Feuerschiff zu, aber wenn Ihre Ankerkette einen einzigen Faden weiter nach Osten gestanden hätte, dann wären wir vorbeigelaufen und jetzt wohl schon längst gekentert und vollgelaufen.«

»Das hat wohl passieren müssen«, sagte der Kapitän. »Ein braver junger Mann. Wir müssen einen Grog auf sein Wohl trinken. Setzen Sie den Kupferkessel da auf den Ofen, ich gehe inzwischen an Deck.«

Harmsen tat wie ihm geheißen.

Als die Tür der Kajütstreppe sich auftat, da schlug das wilde Gekreisch an sein Ohr, das der Sturmwind in dem spärlichen Takelwerk vollführte, das auf solchen Feuerschiffen vorhanden ist, vermischt mit dem Gedonner der unaufhörlich gegen die Planken des festen Fahrzeugs anprallenden schweren Seen. Nachdem der Kapitän die Tür hinter sich wieder zugeschlagen hatte, war nichts mehr hörbar, als das hohlgurgelnde klagende Getön, das in der Kajüte und im Raum nie aufgehört hatte, wahrgenommen zu werden, so lange das Schiff hier draußen auf seinem Platz verankert lag. Nach einer Weile kam der Kapitän wieder herunter; sein Südwester war mit einer dichten Schneedecke überzogen.

»Bös Wetter«, sagte er, »so bös, wie ich's lange nicht erlebt habe.«

Er trat an das Barometer, das in einem doppelten Gabelgelenk unter dem Scheileit (Deckfenster) hing.

»Vorläufig wird's auch noch so bleiben«, fuhr er fort; »seit Sonnenuntergang ist das Quecksilber um einen halben Zoll gefallen ... das hat etwas zu bedeuten, nicht, Maat?«

»Viel schlimmer kann es nicht werden, als es nun schon

ist«, entgegnete Harmsen.

»Wir haben jetzt schon einen halben Orkan und obendrein ein so starkes Schneetreiben, dass man auf eine halbe Schiffslänge keinen Schimmer von unserer großen Laterne sehen kann. Ein richtiges Grogwetter. Das Wasser kocht. Kriegen Sie die beiden Blechpötte da hier, den Rum, echten Jamaika, habe ich hier.«

Er klappte einen Sitzhaken auf, holte eine Steinkruke heraus und jeder mischte sich jetzt seinen Trank.

»Ich trinke auf Ihren jungen Herrn, den braven Lebensretter«, sagte der Kapitän.

»Ja, da bin ich dabei«, stimmte der Bootsmann zu, und beide hoben die dampfenden Blechpötte an die Lippen.

»Wohl bekomm's!«, ließ sich plötzlich eine muntere Stimme hören.

Harmsen fuhr erstaunt herum.

»Was? Ich denke, Sie schlafen, junger Herr!«

»Wie kann ich schlafen, wenn hier so kräftig auf meine Gesundheit getrunken wird?«, lachte Bernhard. »Ich habe doch nichts Besonderes getan, vielmehr habe ich Ihnen beiden dafür zu danken, dass ich mit dem Leben davongekommen bin. Ohne Sie wäre dies Abenteuer mein Letztes gewesen. Onkel Jan hat übrigens recht, Abenteuer sind ungesund. Was wird nur mein Vater denken? Er muss uns beide für verloren halten, da er doch nicht wissen kann, dass wir hier gut geborgen sind und alle Abenteuer hinter uns haben. Ich denke, wir werden Morgen in einem der Feuerschiffsboote gemütlich an Land segeln können, und dann gibt's, so lange ich lebe und in Betracht komme, keine Abenteuer mehr.« Er hatte kaum ausgeredet, da wurde er beinahe aus dem Stuhl und gegen den Ofen geschleudert.

Viertes Kapitel.

Warum Harmsen an Deck rennt. - Die großen Seestiefel.
Der Zusammenstoß. - Im Wrackzeug der Kreuzmarsstange.
Abermals gerettet. - An Bord des »Jupiter«. - Der Steward.
Der Doktor.

»Was hat das zu bedeuten?«, rief Harmsen, der sich an den Tisch geklammert hatte, um nicht zu Boden geworfen zu werden.

»Das bedeutet«, sagte der Kapitän, den Südwester aufsetzend und dessen Bänder unter dem Kinn zusammenbindend, »das bedeutet, dass unser Anker schleppt.«

Er eilte die Treppe hinan, hatte aber die obersten Stufen noch nicht erreicht, als es abermals einen Ruck gab, der ihn beinahe wieder hinabwarf.

Die beiden in der Kajüte Gebliebenen vernahmen jetzt ein heftiges Getrampel über sich, das aber so gedämpft klang, als läge ein Teppich auf den Decksplanken; die Ursache dieser Dämpfung aber war der drei Zoll hoch an Deck liegende Schnee.

»Der Anker schleppt; das ist ein verdammtes Stück, junger Herr«, sagte Harmsen.

»Dann sind unsere Abenteuer vielleicht doch noch nicht vorüber«, erwiderte Bernhard. »Kann's gefährlich werden?«

»Das wollen wir nicht hoffen. Der Kapitän wird Kette ausstecken lassen, und dann hält der Anker wohl wieder.«

Nach dem Getümmel zu urteilen, wären alle Männer eifrig bei der Arbeit.

»Wenn sie sich nicht fürchten, allein zu bleiben, Herr Bernhard, dann möchte ich wohl an Deck gehen und helfen«, sagte Harmsen.

»Gehen Sie, gehen Sie! Ich bin doch kein Kind!«

»Dank für die Erlaubnis, Herr Bernhard. Feuerschiffe haben nämlich fast immer eine viel zu geringe Besatzung, was eigentlich eine Schande ist. Bei gutem Wetter reicht sie ja aus, aber ... da geht es wieder los!«

Abermals riss das Schiff gewaltig an seiner Verankerung. Harmsen versah sich hastig mit einem der Südwester, die an den Pflöcken an der Wand hingen und rannte an Deck.

Bernhard benutzte die Gelegenheit, seine Kleider, die inzwischen in der Ofenhitze getrocknet waren, wieder anzulegen. Schuhe und Strümpfe hatte er zu seinem Leidwesen nicht. Hätte er sich in einem Spiegel sehen können, so würde er sich höchlichst über sein verkommenes Aussehen gewundert haben. Das getrocknete Haar, das reichlich mit Tangstücken vermischt war, umstarrte wild seinen Kopf, Jacke und Hosen hatten alle Form verloren, ein Kragen war nicht mehr vorhanden - an Land hätte man ihn sicherlich für einen obdachlosen Strolch gehalten.

Er wusste dies nicht, daher blickte er nur seufzend auf seine bloßen Füße. Sollte er hier vor dem warmen Ofen sitzen bleiben wie ein altes Weib? Unmöglich! Brennende Scham überkam ihn bei diesem Gedanken. Er war ein Mann, er musste hinaus zu den Männern, hinaus in den Sturm, in den Schnee. Er hörte das donnernde Gerassel der ausgesteckten Kette. Er knöpfte die Jacke zu, nahm einen der Südwester und setzte ihn auf. Er war ihm viel zu groß. Südwester werden alle nach einem Muster gemacht, ohne Rücksicht auf die verschiedenen Formen und Größen menschlicher Schädel. Er band ihn fest und betrachtete noch einmal seine Füße. Ob er es überleben würde, barfuß im

Schnee herumzulaufen?

Er ließ seine Blicke umherschweifen und entdeckte in einer Ecke ein Paar Seestiefel, die für den Riesen Goliath gemacht zu sein schienen und aus deren überflüssigem Leder man noch ein Paar Stiefel für einen gewöhnlichen Menschen hätte anfertigen können.

Er nahm einen auf und betrachtete ihn. Da fiel ihm eine Geschichte ein, die er mal drüben in Amerika gehört hatte, die Geschichte von dem alten Schwarzen in Kentucky, der die alten Reisekoffer seiner Herrschaft als Schuhe zu tragen pflegte. Diese Seestiefel glichen auch Reisekoffern, jeder mit einem Schornstein an dem einen Ende. Mit diesen Ungetümen konnte er nichts anfangen, das sah er sofort ein.

Missmutig warf er sie in die Ecke zurück und begann sich nach verwendbarem Fußzeug umzuschauen. Da hörte er plötzlich ein Rufen und Schreien an Deck, nicht das Rufen des Befehle erteilenden Kapitäns, nicht das Aussingen an einer Leine holender Matrosen, sondern wildes Schreckensgeschrei. Er stand und lauschte in höchster Spannung. Der Tumult an Deck nahm zu, die Rufe wurden lauter, das Geschrei wurde Angstgeschrei. Er hörte, wie Harmsen seinen Namen brüllte. Er glaubte, auch fremde Stimmen zu vernehmen, Stimmen, die von der See herkamen. Dann erscholl ein knirschendes Krachen, ein furchtbarer Stoß erfolgte, der ihn gegen die Wand schleuderte.

»Herr Bernhard, Herr Bernhard! Um Gotteswillen kommen Sie schnell an Deck! Es gilt Ihr Leben!«

Harmsen war's, der dies durch die Kampanjeluke mehr herabkreischte, als rief. Bernhard war schon halb die Treppe hinauf.

»Was ist los, Harmsen?«

»Was los ist? Wir sind verloren, wir sind tot, wir sind in Grund gerannt!«

Als Bernhard an Deck stand, sah er durch den wirbelnden Schnee den großen schwarzen Rumpf eines fremden Fahrzeugs hoch über das Bollwerk des Feuerschiffs emporragen. Ein Gewirr von rufenden, schreienden, wehklagenden und fluchenden Stimmen mischte sich mit dem Geräusch knatternder zerrissener Segel und dem heilenden Sausen des Sturmes in dem dichten Tafelwerk des fremden Seglers. In der Backbordverschanzung des Feuerschiffes war eine große Lücke, durch die das Wasser hereindrang und das ganze Deck überflutete.

Der Wind nahm ihm den Atem und ehe er noch recht wusste, was sich ereignete und was er selber zu tun hatte, erfolgte ein zweiter Stoß gegen einen anderen Teil der Verschanzung; die Erschütterung des Anpralls warf ihn mit großer Gewalt auf den Schanzdeckel in Lee nieder, und Harmsen stürzte auf ihn.

Sein Knie stieß hart an einen der eisernen Ringbolzen an Deck; als er wieder aufspringen wollte, vermochte er dies nicht. Harmsen kam schnell wieder auf die Füße, aber nur für einen Augenblick. Ein Krachen ertönte, als ob der Wind einen starken Ast von einem Baum bricht, und Harmsen fiel abermals, als wäre er niedergeschlagen worden.

Zugleich fühlte Bernhard sich wie von einem Netz umwickelt und gefesselt. Er machte heftige Anstrengungen, sich zu befreien, da aber rollte eine große Woge brausend über das Deck, und instinktiv hielt er sich an dem Leinengewirr fest.

Hätte er das nicht getan, dann wäre er durch die Lücke

in der Verschanzung über Bord gespült worden.

Plötzlich fühlte er sich, an dem Leinenwerk hängen, hoch in die Luft gehoben. Im nächsten Moment sank er wieder hinab, aber nicht auf das Deck des Feuerschiffs, sondern außerhalb dessen in das schäumende Wasser. Dann wurde er wieder emporgerissen, um abermals in die Tiefe zu laufen, so dass die brandende See über ihm zusammenschlug.

Der Trieb der Selbsterhaltung spornte ihn zu verzweifelten Befreiungsversuchen an. Er wusste jetzt, dass er in das Takelwerk einer abgebrochenen Stange des fremden Schiffes geraten war, das über dessen Seite ins Wasser herabhing. Er versuchte, sich daran emporzuarbeiten, und dies gelang ihm auch insoweit, dass er bei dem nächsten Niederstampfen des Fahrzeugs nur noch bis zur Leibesmitte ins Wasser kam. Höher konnte er sich jedoch nicht hinaufziehen, da zu viel Tauwerk an seinen unteren Gliedmaßen hing.

Über sich hörte er jetzt Axtschläge; man war dabei, das Wrackzeug der Stange vom Schiff frei zu haben. Er befand sich eine Fadenlänge unterhalb der Reling. Todesangst packte ihn. Wurden die Leinen durchhauen, an die er sich klammerte, dann war er verloren. Er stieß ein gellendes Geschrei aus.

»Halt an da!«, brüllte über ihm eine Stimme in englischer Sprache durch das Getöse des Sturmes. Die Axtschläge hörten auf. Gleich darauf wurde an der Leinenverschlingung, an der er hing, hin und hergerissen. Er schloss entsetzt die Augen. Dann fühlte er sich gepackt und hochgehoben, was ohne heftige Stöße nicht abging, und einige Sekunden später befand er sich in den Armen eines Mannes, der ihn an Deck in Empfang genommen hatte und nun auf die Füße stellen wollte. Das aber gelang nicht; Bernhard war nur noch halb bei Besinnung und hielt die Augen noch immer geschlossen. Wie im Traum hörte er jemand rufen: »Fasst an hier! Tragt ihn achteraus und unter Deck!«

Und dann die Antwort: »All right, Doktor.«

Alles auf Englisch. Und weiter hörte er: »Aus dem Weg da! Steward, heißes Wasser und einige angewärmte Wolldecken, legt ihn in die Koje der leeren Kammer auf Steuerbord - ich fürchte, sein Bein ist gebrochen.«

Dann hörte er nichts mehr. Ihm war, als versänke er in einen tiefen Abgrund, angefüllt mit tausend seltsamen Geräuschen und Tönen.

»Er ist ohnmächtig geworden«, sagte der Mann, der ihn in die Unterkoje der Kammer gebettet hatte.

* * *

Als Bernhard Burgdorf wieder zu sich kam, wurde er bald gewahr, dass er sich an Bord eines in hochgehender See schwer arbeitenden Schiffes befand und dass es außerhalb des kleinen runden Fensters der Kammer heller Tag war.

Er versuchte zurückzudenken, aber das gelang ihm nicht; ihm war, als müsse er sogleich nach dem Auffinden der so lächerlich großen Seestiefel eingeschlafen sein. Ein starkes Überholen des Schiffes brachte sein Knie in Berührung mit der Kojenwand, und der empfindliche Schmerz gab ihm die Erinnerung wieder; jetzt wusste er, auf welche Weise er von dem Feuerschiff und hier an Bord gekommen war.

Aber wie führte ihn dieses fremde Schiff, das augenscheinlich unter Segel war, nicht immer von der

Heimat, von seinem Vater fort?

Während er hierüber nachgrübelte und dem Rieseln und Rauschen des Wassers an den Schiffsplanken lauschte, wurde die Tür geöffnet, ein Mann trat auf den Fußspitzen herein und näherte sich mit komisch übertriebenen Gebärden der Vorsicht und Sorgfalt.

Er hatte rotes struppiges Haar, kleine funkelnde Augen, die fortwährend komisch zwinkerten, eine winzige runde rote Nase, die nach oben gestülpt war.

»Hallo, my boy!«, rief der Mann mit unterdrückter Stimme. »Sie sind also schon aufgewacht? Wie geht das zu? Haben die da oben an Deck etwa getrampelt oder Lärm gemacht?«

»Davon weiß ich nichts«, entgegnete Bernhard in geläufigem Englisch, das ja ebenso gut seine Muttersprache war, wie das Deutsche; »ich bin aufgewacht, weil es Morgen ist.«

»Hör' doch einer, Morgen, sagt er, ist es!«, lachte der Mann.

»Nun, ist es denn nicht Morgen?«, fragte Bernhard.

»Vor zehn Stunden war's mal Morgen«, antwortete der andere, »jetzt ist's gleich wieder Abend und der Sturm lässt noch immer nicht nach, im Gegenteil, es weht immer toller. Aber jetzt fällt mir ein, der Doktor hat mir ja verboten, mit Ihnen zu reden, und auch Sie sollen ja kein Wort sprechen.«

»Warum denn nicht? Wollen Sie mir nicht sagen, wer Sie sind? Ich habe Sie, meines Wissens, noch nie gesehen.«

»Ach gehen Sie doch! Sie kennen mich nicht? Jede Seele an Bord kennt mich ja! Ach so, ich vergesse, dass Sie nicht auf dem vorschriftsmäßigen Weg an Bord genommen sind.«

»Das ist richtig, denn man kommt doch in der Regel

nicht an Bord wie ein Hering im Netz«, erwiderte Bernhard. »Aber was ich noch gern wissen möchte, wie komme ich von hier aus wieder an Land? Und wie heißt das Schiff und wohin ist es bestimmt?«

»Ich glaube, das ist's gerade, was der Doktor mir verboten hat, Ihnen zu sagen«, antwortete der Rotkopf.

»Nun, was gibt's denn da?«, ließ sich in diesem Augenblick eine Stimme draußen hören.

Der Mann schrak zusammen und winkte Bernhard zu, nicht zu reden. Diese Gebärde war jedoch so absonderlich und komisch, dass unser Held laut auflachen musste. Er lachte noch immer, als ein untersetzter Mann in mittleren Jahren, grau von Bart und freundlich von Blick und Antlitz, hereinkam.

»Was haben Sie hier bei dem Patienten zu schaffen, Steward?«, wendete er sich in streng sein sollendem Ton zu dem Rotkopf.

»Ach, Doktor, seien Sie nicht böse«, antwortete der. »Ich wollte ja nur sehen, wie es mit unserem jungen Gentlemen steht, und ihm sagen, dass er nicht sprechen dürfe, denn das hätten Sie streng verboten.«

»Hat er dem Verbot Folge geleistet?«

»Auf den Punkt, Doktor, auf den Punkt! Er erzählte mir, dass er unter Ihrer Behandlung wieder so gesund geworden wäre, wie noch nie zuvor, aber geredet hat er kein Wort, Doktor, kein Wort!«

»Ei ei, Pat, das ist ja merkwürdig; das hat er Ihnen also erzählt, ohne ein Wort zu reden! Nun machen Sie aber, dass Sie hinauskommen!«

Der Rotkopf ließ sich das nicht zweimal sagen und verschwand.

Der Doktor setzte sich auf die kleine sofaähnliche Vorrichtung, die der Koje gegenüber angebracht war. »Well, my young Sir«, sagte er, »wie befinden Sie sich nach Ihrer langen Ruhe?«

»Ich danke, ganz leidlich«, antwortete Bernhard. »Nur im Kopf ist's mir ein wenig sonderbar. Das Knie schmerzt mich ab und zu, ich bin damit an Bord des Feuerschiffs gegen einen Ringbolzen gefallen.«

»Das ist nicht gefährlich«, sagte der Arzt. »Ich fürchtete anfänglich einen Bruch der Kniescheibe, sie war aber nur aus ihrer Lage gedrückt. Jetzt ist alles wieder in Ordnung. Sie brauchen nur noch Ruhe.«

»Ich meine, dass ich jetzt gerade genug geruht habe«, entgegnete der Jüngling lächelnd. »Der Zusammenstoß muss etwa eine Stunde vor Mitternacht erfolgt sein, und jetzt ist's Spätnachmittag, wie mir der Mann mit dem roten Haar gesagt hat. Ich habe also die ganze Nacht und auch noch fast diesen ganzen Tag hindurch geschlafen.«

Der Doktor lachte.

»Well, my boy, wie lange Sie schliefen, wollen wir jetzt nicht erörtern, sagen Sie mir nur, ob Sie sich gekräftigt fühlen.«

»Gewiss, Doktor, aber seit ich wach bin, muss ich so viel nachdenken ...«

»Das dürfen Sie nicht!«, rief der Arzt. »Lassen Sie sich nicht von mir beim Denken und Grübeln erwischen, denn das ist Ihnen jetzt noch sehr schädlich!«

»Aber, Doktor, kann ich denn anders? Ich bin hier an Bord eines fremdes Schiffes, sehe nur Leute um mich, die ich nicht kenne, und weiß nicht, wohin das Schiff geht.«

»Darüber kann sich Sie aufklären. Sie sind an Bord des

britischen Vollschiffs *Jupiter*, Kapitän Johnston, wo man Sie behandeln wird, wie einen Passagier erster Klasse. Unsere übrigen Passagiere sind alle dritter, ja vierter Klasse. Sind Sie nun beruhigt?«

»Noch nicht. Ich muss vor allem doch auch wissen, wohin der *Jupiter* segelt. Sie werden zugeben, dass das von Interesse für mich sein muss. Ferner möchte ich wissen, wie es um das Feuerschiff steht und um meine Freunde dort an Bord. Ist einer oder der andere von ihnen auch hier auf dem *Jupiter*? Und wie ging es zu, dass ich in dem Wrackzeug Ihrer abgebrochenen Stange hier an Bord kam?«

»Ruhig, my boy, ruhig! Sie regen sich unnötig auf.«

»Nicht doch, ich möchte nur erfahren, was aus meinen Freunden geworden ist, aus Harmsen - aber den kennen Sie ja nicht. Harmsen ist meines Vaters Bootsmann, er hat mir gestern das Leben gerettet, unter Einsetzung seines eigenen Lebens. Denken Sie doch, bei solchem Wetter in dem winzigen Boot einer kleinen Jacht! Ist er davongekommen und vielleicht hier an Bord?«

»Nein, hier ist er nicht, aber jedenfalls wohlauf und munter. War er mit Ihnen auf dem Feuerschiff?«

»Natürlich!«, rief Bernhard. »Wie sollte ich denn ohne ihn dort hingekommen sein? Aber ich vergesse wieder, dass Sie von allem, was passiert ist, nichts wissen können.«

»Sie werden es mir noch erzählen«, erwiderte der Doktor, dessen ganzes Interesse erwacht war. »Aber nicht aufregen, nichts ist schädlicher für Sie, als Aufregung, denn sie sind noch so schwach wie ein Grog ohne Rum. Zu der Mannschaft des Feuerschiffs gehörten Sie nicht, das habe ich Ihnen sogleich angesehen.«

»Es ist eine lange Geschichte«, sagte Bernhard und

berichtete nun alles, was er erlebt hatte, seit er sich von seinem Onkel Jan trennte, bis zu dem Moment, wo er über die Reling des *Jupiter* geholt wurde.

Der Doktor, der mit größter Spannung zugehört hatte, atmete tief auf.

»Da war es kein Wunder, dass Sie sogleich ohnmächtig wurden, als wir Sie in Sicherheit hatten«, sagte er.

»Was?! Ohnmächtig bin ich gewesen?«, rief Bernhard entrüstet. »Ohnmächtig wie ein altes Weib?«

»Ich meinte, dass Sie so schnell eingeschlafen sind«, verbesserte sich der Doktor. »Das waren ja tolle Abenteuer!«

»Ja, wahrhaftig«, sagte Bernhard. »Und wie spaßhaft - ich beklagte mich bei Onkel Jan, meines Vaters Bruder, darüber, dass ich voraussichtlich niemals ein richtiges Abenteuer erleben würde, und eine halbe Stunde später war ich mitten drin!«

»Spaßhaft wohl kaum, aber seltsam. Immerhin, wir müssen unserem Geschick stets mutig ins Auge sehen. Was uns die Vorsehung auch schicken mag, es dient alles zu unserem Besten; daran müssen wir festhalten.«

»Das will ich«, sagte Bernhard, dem jetzt einfiel, dass man ihm noch immer den Bestimmungshafen des *Jupiter* nicht genannt hatte. »Wenn Sie mir sagen, dass noch ein Monat vergehen muss, ehe ich nach Hause komme, so will ich mich damit zufriedengeben. Also sagen Sie mir, bitte, wohin wir segeln und auch, ob das Feuerschiff noch seetüchtig ist.«

»Zum Henker mit dem Feuerschiff!«, rief der Doktor unwillig. »Ich gebe Ihnen mein Wort, dass seine Beschädigung nicht der Rede wert ist. Wenn ein Schiff auf einen Felsen rennt, dann erkundigt sich kein Mensch danach, ob der Felsen darunter gelitten hat oder nicht. Nein, das Feuerschiff mag eine eingedrückte Schanzkleidung davongetragen haben, das ist aber kein nennenswerter Schaden. Es kann noch fünfzig Jahre und länger dienstfähig bleiben. Wir sind bei der Kollision viel schlechter weggekommen. Es war das Wrack unserer Kreuzmarsstenge, in das Sie geraten sind. Eine schlimme Sache, aber noch lange nicht so schlimm, wie es hätte sein können.«

»Sie haben bei dem Schneesturm jedenfalls das Licht der Laterne nicht sehen können.«

»Ich für meine Person habe es überhaupt nicht gesehen. Unser Kompass war in Unordnung geraten, sonst hätten wir gar nicht so unerhört weit von unserem Kurs abkommen können. Wir gingen gerade über Stag, als wir Ihr Feuerschiff anrannten.«

»Und mindestens zehn Fuß Verschanzung mitnahmen«, sagte Bernhard lächelnd.

»Das hat nichts zu bedeuten; beim Wenden kriegte der alte Kasten noch einen zweiten kleinen Stoß.«

»Klein, sagen Sie! Dieser kleine Stoß warf mich kopfüber auf den Schaudeckel in Lee und dann umwickelte mich das Tauwerk Ihrer Kreuzmarsstenge und riss mich durch die Lücke der Schanzkleidung, so dass ich bei einem Haar ersoffen bin, denn so oft Ihr Schiff wegsetzte, stauchte es mich tief unter Wasser.«

»Mein Himmel, das wusste ich gar nicht! Und trotzdem hielten Sie fest?«

»Hätte ich das nicht getan, dann wäre ich jetzt nicht hier, um Sie nochmals zu fragen, wohin dies Schiff bestimmt ist.«

Der Doktor erhob sich, schritt ein paarmal auf und ab und blieb dann vor Bernhard stehen.

»Es nützt nichts, erfahren müssen Sie es schließlich doch«, sagte er. »Einer, der sich so eisenfest anklammern konnte, während das stampfende Schiff ihn immer wieder und wieder tief in die wilde See stauchte, ist nicht durch halbe Antworten abzuspeisen. Dies Schiff, der *Jupiter* aus London, ist seit vier Tagen auf der Fahrt nach Port Blair. Wissen Sie, wo das liegt?«

»Nein.«

»Port Blair ist einer der größten und besten Häfen der Welt und liegt auf der Insel Klein-Andaman. Wissen Sie, wo die zu suchen ist?«

»Nein.«

»Nun, die Andamanen liegen im Golf von Bengalen, südlich vom Kap Negrais und nördlich von den Nikobaren. Wissen Sie es nun?«

»Mir dämmert es ein wenig. Die Namen habe ich mal in der Schule gehört. Das ist weit - wann könnte ich da wieder zu Hause sein?«

»Wo sind Sie zu Hause?«, fragte der Doktor. »In Yankeeland? Ihrer Aussprache nach möchte ich Sie für einen Yankee halten.«

»Ich bin ein Deutscher, habe aber eine doppelte Heimat. Norden in Ostfriesland und Boston in Amerika. Gegenwärtig wohnt mein Vater auf der ostfriesischen Insel Borkum. Kennen Sie die?«

»Ich glaub, davon gehört zu haben.«

»Mein Vater wird in großer Angst um mich sein; wie kann ich mich mit ihm in Verbindung setzen?«

»Wir werden sicherlich bald einem Fahrzeug begegnen, das einen europäischen Hafen anläuft. Dort kann der

Kapitän Sie an Land setzen lassen und dann sind Sie spätestens in vierzehn Tagen wieder daheim. Jedenfalls aber können Sie uns in Kapstadt verlassen, wo wir anlegen müssen, um Wasser und frischen Proviant einzunehmen.«

»Wann werden wir dort sein?«

»In sechs oder sieben Wochen.«

Bernhard schwieg eine Weile, dann begann er wieder: »Unangenehme Aussicht. Ich ging aus, um einen kleinen Spaziergang am Strand zu machen, und sagte, ich würde in zwei Stunden wieder zurück sein. Und nun werden mehrere Wochen, vielleicht auch Monate vergehen, ehe ich wieder zu Hause bin! Stellen Sie sich das mal vor, Doktor.«

»Das tue ich, my boy, und kann mir denken, was Sie empfinden. Haben Sie noch eine Mutter?«

Bernhard schüttelte den Kopf.

»Aber doch einen Vater?«

»Ja, Gott sei Dank, einen Vater habe ich noch, und an ihn denke ich. Ich bin sein einziges Kind. Wie wird er erschrecken, wenn Harmsen vom Feuerschiff zurückkommt und ihm die Nachricht bringt, dass ich während des Zusammenstoßes über Bord gerissen worden bin!«

»Hoffentlich klammert er sich an die Hoffnung, dass Sie von dem anderen Fahrzeug gerettet worden sind. Wie heißen Sie eigentlich?«

»Burgdorf - Bernhard Burgdorf.«

»Ein deutscher Name. Sie sagten ja wohl auch, dass Sie deutscher Herkunft seien. Ich kenne eine Bankfirma, Jan, Adrian und Detlev Burgdorf, die ihren Sitz in Boston hat - richtig, Boston ist ja auch Ihre zweite Heimat. Sind Sie etwa ...?«

»Ja, ich bin der Sohn von Adrian Burgdorf.«

»Ist es möglich!«, rief der Doktor. »Sie sind Adrian Burgdorfs Sohn?«

»Ja, kennen Sie meinen Vater?«

»Ob ich ihn kenne! Das heißt, ich habe ihn ehemals gekannt, sehr genau gekannt, ehe Sie noch auf der Welt waren, ehe er Mary Magruder noch geheiratet hatte. Und Sie sind Marys Sohn! Doch nun muss ich an Deck zur Inspektion. Kopf oben, my boy. Sie haben bewiesen, dass Sie jetzt schon ein Mann sind, ein tüchtigerer Mann als viele, die ich Ihnen nennen könnte. Und auf mich können Sie zählen ... um Ihrer Mutter und um Ihres Vaters willen werde ich Ihr Freund sein.«

Damit verließ er hastig die Kammer, Bernhard aber hörte noch, wie er vor sich hinredete: »Marys Sohn! Mein Gott, wie seltsam geht es doch zu in dieser Welt!«

Fünftes Kapitel.

Bernhard und Kapitän Johnston. - Ein Schiff in Sicht. - Warum Bernhard an Bord bleibt. - »Sie kennen das Schiff noch nicht, auf dem Sie sich befinden.

Eine halbe Stunde später ging die Tür wieder auf, und Pat, der Steward, kam leise herein.

»Schlafen Sie, Sir?«, fragte er flüsternd, aber sehr vernehmlich. »Ich möchte Sie nämlich um nichts in der Welt aufwecken; wenn Sie mir also sagen, dass Sie schlafen, dann gehe ich wieder ab.«

»Nein, Pat, ich schlafe nicht«, sagte Bernhard, »aber ich habe Hunger.«

»Wusste ich's doch!«, rief der Rotkopf fröhlich. »Einer, der seit vorgestern nichts gegessen hat, muss ja Hunger haben wie ein Hai! Gleich bringe ich Ihnen zu essen.«

»Seit gestern, wollen Sie sagen.«

»Ach so ... ja, richtig ... ich vergaß.«

Er sprang davon und brachte gleich darauf ein gebratenes, noch dampfendes und bereits zerlegtes Huhn herein, über das Bernhard sich sogleich heißhungrig hermachte. Er war noch bei dem letzten Knöchlein, als der Doktor wieder erschien. Pat ging mit dem Geschirr hinaus.

»Eine Frage, Doktor«, sagte Bernhard. »Wie lang bin ich jetzt hier an Bord?«

»Zerbrechen Sie sich darüber nicht den Kopf«, antwortete der Befragte; »Sie befinden sich auf einem guten Schiff und sind aufs beste aufgehoben, genügt Ihnen das nicht?«

»Gewiss, das ist auch alles ganz gut, aber ich möcht's doch gern wissen und auch, welcher Tag heute ist. Wenn Sie mir das nicht sagen, muss ich mir ja den Kopf darüber zerbrechen und wie soll ich dann gesund werden?«

»Da haben Sie nicht unrecht«, entgegnete der Steward nach kurzem Besinnen. »Dies ist der Abend des zweiten Tages, seit Sie an Bord des *Jupiter* sind.«

Bernhard runzelte die Brauen und versuchte nachzudenken.

»Wie kommt es«, sagt er, »dass ich von gestern nicht das Geringste weiß? Es ist doch sonst nicht meine Art, dreißig Stunden hintereinander zu schlafen.«

»Das glaube ich wohl. Aber es ist auch sonst nicht Ihre Art, sich fliegenden Sprunges von Schiff zu Schiff zu schwingen und dabei noch verschiedene Male tief in die See zu tauchen.«

»Und dann bin ich ohnmächtig geworden ... so sagen Sie ja wohl?«

»Ja, dann wurden Sie ohnmächtig.«

»Schmachvoll! Wie ein Frauenzimmer!«

»Nein, nicht wie ein Frauenzimmer!«, rief der Doktor heftig. »Wie ein Mann, wie ein richtiger Kerl! Das will ich ihnen schriftlich geben. Übrigens wird Ihnen der Kapitän sogleich einen Besuch abstatten. Seit Sie an Bord kamen, hat er mit keinem Schritt das Deck verlassen, des schlechten Wetters wegen.« Er redete noch, als Stimmen draußen in der großen Kajüte, die auch Salon genannt wird, laut wurden. Der Doktor schob die in Falzen laufende Tür auf.

»Ihr Passagier ist bereit, Sie zu empfangen«, rief er. »Sie wollten sich ja wohl bei ihm entschuldigen, dass Sie ihn so nolens volens mit nach Hinterindien schleppen.«

Ein hochgewachsener Mann von etwa vierzig Jahren, mit kurzgeschnittenen, bereits ergrauendem Haar und Bart, trat herein.

»Dies ist Kapitän Johnston«, sagte der Doktor zu Bernhard; »er kommt, sich zu erkundigen wie es Ihnen geht.«

»Das habe ich bei Doktor Maitlands Patienten eigentlich nicht nötig«, entgegnete der Kapitän, »die sind immer in den besten Händen.«

Damit reichte er dem Jüngling freundlich die Hand, während der Doktor die Kammer verließ.

»Sie schauen schon wieder ganz munter drein«, sagte er dabei. »Als Sie nach Ihrem Anbordkommen achteraus gebracht wurden, da hatte ich allerlei Befürchtungen Ihretwegen.«

»Ja, da war ich ohnmächtig geworden und ganz ohne Grund«, antwortete Bernhard beschämt.

»Nun, nun, Sie sind wahrlich keiner von den Schwächlingen, die bei jeder Veranlassung ohnmächtig werden. Im Gegenteil, Sie haben sich außerordentlich wacker verhalten. Übrigens, der tapferste Mann, den ich je gekannt habe, wurde jedes Mal ohnmächtig, wenn er sich in den Finger geschnitten hatte, so dass Blut kam.«

»Wirklich?«, sagte Bernhard. »Und doch war er so tapfer?«

»So tapfer wie der berühmteste Held, den es je gegeben hat. Er steuerte mit seinem Fahrzeug mitten in die Flotte malaiischer Seeräuber hinein, die zusammen achthundert Mann stark waren, und nahm den Kampf mit ihnen auf, um eine europäische Frau zu retten, die die Kerle zuvor geraubt hatten. Und dabei hatte er kein einziges Geschütz an Bord, nur Handfeuerwaffen, Pistolen und Gewehre.«

»Und besiegte er die Malaien?«, rief Bernhard in hellem Eifer.

»Gründlich«, sagte der Kapitän mit Nachdruck. »Als die Flotte sich davonmachte, da hatten wir nur noch verdammt wenig Piraten übriggelassen.«

»Sie sagten »wir«; waren Sie denn auch dabei gewesen?«

»Ja, ich war sein Obersteuermann.«

»Sein eigenes Blut konnte er nicht sehen, aber anderer Leute Blut abzuzapfen kostete ihn keine Überwindung, wie's scheint«, bemerkte der wieder eingetretene Doktor trocken.

»Nicht, wenn die Notwendigkeit dazu vorlag«, sagte der Kapitän. »Aber ich versichere Ihnen noch einmal, wenn er sich zufällig schnitt, dann wurde er ohnmächtig.«

Bernhard versank in ein kurzes Nachdenken. Dann richtete er seine Blicke wieder auf das Gesicht des Kapitäns.

»Dem Feuerschiff ist also keine große Havarie zugefügt worden, wie Doktor Maitland sagt.«

»Nein, nur die Verschanzung ein wenig eingedrückt; wir werden den Schaden bezahlen müssen. Es gehört viel dazu, solch ein Feuerschiff so zuzurichten, dass es seine Station verlassen muss. Ich will Ihnen gelegentlich vorlesen, was ich über die Kollision in mein Logbuch eingetragen habe; Sie können mir dann Ihre Ansicht mitteilen, denn Sie sind ja der Hauptleidtragende. Sie sehnen sich gewiss danach, sobald als möglich wieder nach Hause zu kommen.«

»Der Doktor meinte, dass wir vielleicht einem Schiff begegneten, das mich mitnehmen könnte.«

»Das ist sehr möglich, und vielleicht bereits in den nächsten Tagen. Wir sprachen gestern ein Fahrzeug, allein wenn Sie auch schon transportfähig gewesen wären, so hätten wir bei der hochgehenden See kein Boot zu Wasser bringen können. Auch heute möchte ich das noch nicht riskieren, obgleich der Wind ein wenig abgeflaut ist. Die Marssegel sind doch doppelt gereeft und das Schiff arbeitet ganz gefährlich, wie Sie hier unten auch wohl merken. Ich durfte das Deck bisher nicht verlassen, sonst hätte ich mich schon früher nach Ihrem Befinden erkundigt.«

»Ich fühle mich hier ganz wohl«, sagte Bernhard, als der Kapitän ihm noch einmal die Hand reichte, ehe er sich der Tür zuwendete. »Noch eins, bitte Keppen Johnston ... wo hatten Sie das Gefecht mit den Malaien?«

»Ungefähr einen Grad südlich von Celebes. Wenn das Wetter wieder ruhig ist, finde ich wohl mal Zeit, Ihnen alles ausführlich zu erzählen ... wenn wir dann noch beisammen sind.«

Und dem jungen Mann freundlich zunickend, verließ er mit dem Doktor die Kammer.

Als Bernhard sich allein sah, versuchte er, aufzustehen. Das Liegen war ihm langweilig geworden, er wollte sich einmal an Deck umschauen. Allein kaum stand er auf dem Fußboden, da erkannte er in dem Schmerz in seinem Knie, dass das Bein noch lange nicht gebrauchsfähig war. Niedergeschlagen kroch er auf sein Lager zurück und wickelte sich resigniert in die Decke.

Eine Stunde später erschien der Doktor wieder.

»Aufstehen wollten Sie?«, rief er entrüstet, als Bernhard ihm sein Missgeschick geklagt hatte. »Wie konnten Sie so unvorsichtig sein? Wenn Sie in einer Woche so weit sein werden, dann können Sie von Glück sagen. Ein Menschenbein ist doch kein Tisch- oder Stuhlbein, das man leimt, wenn es kaputt ging, und das dann wieder so gut ist wie zuvor.«

»Sie sagten doch aber, meine Verletzung sei nicht gefährlich«, entgegnete Bernhard kleinlaut.

»Das ist sie auch nicht, aber sie kann es werden, wenn Sie nicht ruhig liegen; dann können noch Wochen, sogar Monate vergehen, ehe Sie wieder laufen können, ja, vielleicht ... nun, was soll's Hopkins?«

Diese Frage war an einen jungen Midshipman gerichtet, der soeben die Tür öffnete und an dessen Jacke und Mütze eine Menge blanker Knöpfe funkelte. Er berührte den Mützenschirm mit dem Finger und sagte:

»Keppen Johnston lässt melden, dass über Steuerbordbug ein Segel in Sicht ist.«

»Was geht mich das an?«, rief der Doktor.

»Keppen Johnston meint, dass das Fahrzeug vielleicht dem Kanal zusteuere.«

Der Doktor sah Bernhard und dieser den Doktor an.

»Sagen Sie dem Kapitän, dass ich sogleich an Deck kommen würde.«

Midshipman Hopkins legte den Zeigefinger wieder an seinen Mützenschirm und entfernte sich.

»Die Meldung kam zur rechten Zeit«, wendete der Doktor sich an Bernhard. »Ich muss Ihnen nun ohne Umschweife sagen, wie es mit Ihnen steht. Die See geht nicht mehr zu hoch, um Sie in einem Boot an Bord des fremden Seglers schaffen zu können; in drei Tagen könnten Sie dann daheim sein. Aber wenn Sie dazu entschlossen sein sollten, dann müsste ich Ihnen eröffnen, dass Ihre Knieverletzung Sie bei diesem Transport für Ihre ganze Lebenszeit zum Krüppel machen kann. Wollen Sie fort, dann sind Sie allein für alle Folgen verantwortlich.«

Bernhard schwieg eine Weile, dann antwortete er: »Aber meinen Sie nicht auch, dass ich die Pflicht habe, alles zu wagen, damit mein guter Vater, der seinen einzigen Sohn verloren glaubt, sich nicht zu Tode grämt?«

»Ich habe auch daran gedacht«, entgegnete der Doktor. »Ich bin der Meinung, dass es Ihrem Vater lieber sein würde, Sie nach drei oder vier Monaten heil und gesund wiederzusehen, als wenn Sie Ihre Rückkehr unklug überstürzten und in einem Zustand von ihm erschienen, dessen Folgen geeignet wären, Ihnen selber und auch anderen das Leben für alle Zeit zur Last zu machen.«

Bernhard schüttelte den Kopf.

»So schlimm kann's nicht werden, Doktor, das fühle ich«, sagte er. »Ich denke, dass ich um meines Vaters willen das Wagnis nicht scheuen sollte.«

»Ich denke anders«, erwiderte der Doktor. »Als der Mann, der Ihnen und Ihrem Vater für Ihre Wiederherstellung verantwortlich ist, verbiete ich Ihnen hiermit, das Schiff zu verlassen. Ihr Vater soll von Ihrer Rettung noch schneller in Kenntnis gesetzt werden, als dies durch Ihr persönliches Erscheinen geschehen könnte. Nichts hindert Sie, dem ersten Fahrzeug, das wir sprechen werden, einen Brief für ihn mitzugeben, der dann sofort nach Ankunft im Hafen zur Post gebracht wird.«

Bernhard schlug sich vor den Kopf.

»Warum ist mir das nicht eingefallen?«, rief er. »Das ist ja der allerbeste Ausweg. Der Vater wird dadurch aller Besorgnis überhoben, und ich mache eine wundervolle Reise, das heißt, ich wollte sagen, und ich bleibe an Bord des *Jupiter*, bis ich wieder so gut auf den Beinen bin wie nur je zuvor!«

Als der Doktor die Treppe hinaufging, lächelte er vor sich hin. Er wusste, dass Bernhard die ihm gebotene Gelegenheit, eine Seefahrt nach den südlichen Breiten machen zu können, mit Freuden ergriff, dass der junge Mann aber auch andererseits ehrlich gesonnen gewesen war, des Vaters Besorgnis um ihn zu beseitigen.

Bernhard schrieb seinen Brief. Die Schiffe tauschten Signale aus und näherten sich einander; dann drehten sie bei. Der *Jupiter* setzte ein Boot aus, das nicht nur Bernhards Schreiben, sondern auch ein solches von Dr. Maitland, das ebenfalls an den Bankier Adrian Burgdorf gerichtet war, an Bord des Fremden beförderte, der nach Antwerpen segelte und dessen Kapitän bereitwillig die Bestellung der Briefe übernahm.

Nach Verlauf einer Woche entfernte der Doktor die Binden von Bernhards Bein und gestattete ihm, die Koje zu verlassen. Unser Held ließ sich das nicht zweimal sagen. Pat, der Steward, entlieh von einem der Midshipman Schuhe und Strümpfe für ihn, der Leser wird sich erinnern, dass er seine eigene Fußbekleidung auf dem Borkumer Strand zurückgelassen hatte, ehe er jene hochherzige Schwimmfahrt unternahm, aus der sich die geschilderten Abenteuer entwickelten.

Der kaum merkbare Schmerz, den er beim Ersteigen der Treppe in der Gegend des Knies spürte, wurde reichlich aufgewogen durch die ersten fünf Minuten an Deck.

Während er in seiner Kammer gefangen gelegen, war das Schiff auf seiner Fahrt nach Süden gekommen; er sah über sich das tief blaue Firmament, rings um sich das tiefblaue Wasser und fühlte sich von warmen Lüften umfächelt; ihm war, als sei er in eine neue Welt versetzt.

Das Schiff hatte alle Segel stehen, denn die bei der Kollision mit dem Feuerschiff über Bord gegangene Kreuzmarsstenge war längst durch eine andere ersetzt worden. Die Brise war so schwach, dass der am Ruder stehende Matrose alle Mühe hatte, das Schiff auf geradem Kurs zu halten. Ein eigentümlich plätscherndes und surrendes Geräusch außenbords lenkte seine Blicke über die Reling. Ein Schwarm fliegender Fische hatte sich aus dem Wasser erhoben und strich über der Oberfläche dahin, um endlich, nach einem Flug von etwa hundert Schritt, wieder einer nach dem anderen in die Flut zurückzufallen. Dieser Anblick brachte ihm den Gegensatz zwischen der kalten, vom Schneesturm gepeitschten See, aus der er gekommen und dieser südlichen Region voll Wärme und Sonnenschein noch mehr zum Bewusstsein. Es kam ihm verwunderlich vor, dass die Leute an Deck gar kein Interesse für all das Schöne zeigten, dass Mr. Rick, der Obersteuermann, sich lediglich um das flappende Bramsegel kümmerte und keinen Blick für die glitzernden Fliegefische hatte.

Der Doktor kam von achtern her und trat an ihn heran.

»Well«, sagte er, »wie ist Ihnen jetzt? Tut es Ihnen leid, dass Sie hier an Bord geblieben sind?«

»Nein«, entgegnete Bernhard. »Im Gegenteil haben Sie eben die Fliegefische gesehen? Haben Sie jemals so wundervolle Luft geatmet?«

»Das wollte ich meinen«, war die lächelnde Antwort. »Bin ich doch jeden Tag an Deck gewesen, während Sie armer Kerl unten in der muffigen Kammer gelegen haben. Auch bin ich seit sechs Jahren in jedem November aus unserem nördlichen Klima nach Süden gesegelt; ich weiß kaum noch, wie ein Londoner Nebel ist.«

»Wie lange wird das Klima so bleiben?«

»Well, innerhalb der nächsten fünf Monate wird es sich wenig verändern. Haben Sie denn nicht in der Schule gelernt, dass auf der südlichen Halbkugel die warme Jahreszeit im September beginnt und dass daher die Antipoden um Weihnachten ihren Hochsommer haben?«

»Ich schäme mich, zu gestehen, dass ich das vergessen hatte.«

»Sagten Sie nicht«, fuhr der Doktor nach einem Rundblick über das Deck fort, »dass Sie in Kapstadt an Land gesetzt sein wollten?«

»Wir haben von Kapstadt geredet, aber den Gedanken des Anlandsetzens sprachen Sie aus, Doktor, nicht ich«, erwiderte Bernhard. »Ich habe meinem Vater in dem Brief nichts davon gesagt, dass ich von Kapstadt aus zurückkehren wollte, ich sagte vielmehr, dass sich mir wohl nie wieder eine Gelegenheit bieten würde, die indischen Gewässer und die Andamanen kennenzulernen und dass ich deshalb an Bord des *Jupiter* bleiben möchte, wo man mich so liebevoll aufgenommen hat.«

»Und so denken Sie auch heute noch?«, forschte der Doktor.

»Gewiss; ich gedenke an Bord zu bleiben, so lange Keppen Johnston mir das gestattet. Alle Mann auf diesem Schiff sind so brav und gut, wie man nur wünschen kann. Ich bin sogar bereit, mich als Midshipman anmustern zu lassen, wenn der Kapitän das verlangen sollte, nur um mit nach Ostindien gehen zu können.«

Auf diese enthusiastische Rede wurde der Doktor still, seltsam still und schüttelte langsam den Kopf.

»Sie kennen das Schiff noch nicht, auf dem Sie sich

befinden, my boy«, sagte er. »Sie meinen, wir hätten ein Paradies hier an Bord. Kommen Sie mit mir, ich will Ihnen zeigen, welch eine Art von Paradies es ist.«

Sechstes Kapitel.

Die Zwischendeckspassagiere des »Jupiter«.
Hauptmann Westall. - Der Doktor in Todesgefahr.
Der Retter. - Disziplin.

Der Doktor schob seinen Arm unter den Bernhards und ging mit ihm nach vorn. In demselben Augenblick schlug der Quartermaster an der Schiffsglocke sechs Glasen (sieben Uhr morgens), und der wachhabende Offizier rief ein Kommando über das Deck. Ehe der Doktor mit seinem jungen Freund die Vorluk erreichte, stellten sich sechs Matrosen neben derselben auf, jeder trug ein Gewehr auf der Schulter, ein paar Pistolen im Leibriemen und einen kurzen schweren Säbel an der Seite. Einer der Midshipmen kam herzu, in derselben Weise bewaffnet, und als Bernhard sich jetzt um Aufklärung dem Doktor zuwendete, gewahrte er, wie dieser eine schwere Pistole schussfertig machte.

Wie ein Blitz fuhr ihm der Gedanke an die Seeräubergeschichten durch den Kopf, die er gelesen hatte. Konnte es möglich sein, dass der *Jupiter* ein Piratenschiff war? Hatten sich nicht schon oft solche Räuberfahrzeuge für harmlose Kauffahrer ausgegeben? War man im Begriff über ein anderes Schiff herzufallen? Er warf einen schnellen Blick über die See ... nichts in Sicht. Er schaute nach oben, ob sich da vielleicht die Flagge mit dem Schädel und den gekreuzten Knochen zeige. Nein; nur die in der schwachen Brise fast regungslos hängende englische Flagge war an der Gaffel zu sehen.

Was mochte das alles bedeuten?

Jetzt kam auch der Obersteuermann Rick schnellen Schrittes herbei.

»Vorluk auf!«, befahl er.

Die Mannschaft der Steuerbordwache sprang herzu und nahm die Lukendeckel ab. Die Matrosen mit den Gewehren standen schussbereit.

Aus der geöffneten Luke drang ein lautes Stimmengewirr herauf ... Gelächter, rohes Gebrüll und wüste Späße ... Kettengeklirr und Gestampfe von Füßen.

»Ruhe da unten!«, rief der Doktor. »Erster Gang an Deck! Keinen Laut mehr, oder ich lasse euch alle peitschen!«

Der Lärm verstummte. Bernhards Erstaunen wuchs. Das Kettengerassel erweckte in ihm den Verdacht, dass er sich an Bord eines Sklavenschiffes befände. Dann aber sagte er sich, dass aus englischen Häfen keine Sklaven ausgeführt würden.

Er trat an den Lukenfüll und schaute hinunter. Starke, dichtstehende, durch Ketten verbundene Eisenstangen ragten von Deck zu Deck, einen Käfig bildend. Zwischen zweien der Stangen befand sich eine durch ein Hängeschloss versicherte Tür. Hinter dem Gatter gewahrte er Gesichter - wilde, unheimliche Männergesichter.

Die Steuerbordwache brachte eine Treppe herbei, ließ sie ins Zwischendeck hinab und hakte das obere Ende über den Lukenrand. Der Doktor stieg mit einem Schlüsselbund in der Hand hinunter, öffnete das Hängeschloss, schob den Riegel zurück, entfernte die den Eingang versperrenden Ketten und stieß die Tür auf.

»Bestmann von Gang Eins!«, rief er.

Ein Mann in mittleren Jahren, nur mit Hemd und Hose

bekleidet, trat heraus, grüßte den Doktor, ging an Deck und stellte sich unweit der Reling auf.

»Gang Eins an Deck!«, hörte Bernhard des Doktors Kommando von unten.

Vierzehn Männer, jeder mit einem Bündel unter dem Arm, kamen herauf und stellten sich in einer Reihe neben dem Bestmann auf. Der Doktor verschloss die Tür, zog wieder die Ketten davor und kam an Deck.

»Rechts um!«, kommandierte er. »Bettzeug lüften! Waschen!«

Die Männer marschierten zum Bug und breiteten hier, vom Bestmann überwacht, ihre Decken aus, dann begaben sie sich hinter eine vier Fuß hohe Wand aus Segeltuch, hinter welcher eine Reihe wassergefüllter Eimer stand. Bernhard sah ihre bloßen Schultern oberhalb der Wand, als sie sich zum Waschen beugten und sich dann mit Handtüchern abrieben. In unglaublich kurzer Zeit kamen sie wieder hervor und stellten sich zur Musterung. Der Doktor überflog die Reihe mit einem Blick und kommandierte:

»Pötte und Pannikins! Zum Frühstücksempfang achteraus, marsch!«

Jeder erhielt einen Blechtopf und Blechteller, dann marschierte der Gang, eskortiert von den bewaffneten Matrosen, achteraus. Vor der Kombüse wurde halt gemacht. Der Bestmann empfing vom Koch eine große Kupferkanne voll Kaffee, aus der er alle Blechtöpfe füllte. Aus einem Sack wurde Hartbrot verteilt, darauf ging der Marsch weiter bis zur Großluk, durch welche die Männer wieder ins Zwischendeck hinabstiegen. Als der letzte unten war, zog man die Treppe herauf, ein Matrose blieb als Wache bei der Luke, die anderen begaben sich wieder nach vorn, wo nun ein zweiter Gang von fünfzehn Mann an Deck kam, um dieselben Manöver durchzumachen wie der erste. Im ganzen erschienen nach und nach sechzig Männer, von denen viele gefesselt waren.

Als die letzten fünfzehn in der Großluk verschwanden, kamen die ersten fünfzehn wieder aus der Vorluk herauf; sie erhielten Besen und Eimer und machten sich damit an die Reinigung des Zwischendecks. Eine Viertelstunde später folgte der zweite Gang. Und so fort.

Jetzt erst hatte der Doktor einen freien Moment für Bernhard.

»Well, my boy«, sagte er, »halten Sie nun noch immer dieses Schiff für ein Paradies?«

»Ach nein«, antwortete der junge Mann. »Aber sagen Sie mir doch, was sind das für Leute?«

»Mörder, Diebe, Fälscher und andere Verbrecher, jetzt sind's Sträflinge, die nach Port Blair geschafft werden.«

»Ich meinte, die englischen Strafkolonien befänden sich in Australien, Botany Bai zum Beispiel«, sagte Bernhard.

»Das war einmal«, antwortete der Doktor. »Die Australier wollen von einer Verbrechereinfuhr nichts mehr wissen. Darum versucht es die Regierung jetzt mit Port Blair. Einen langen Bestand wird das aber nicht haben, da die dortige Strafkolonie mit Eingeborenen aus Indien, Ceylon und andern atlantischen Gegenden bereits überfüllt ist.«

Diese Mitteilung machte einen tiefen Eindruck auf

Bernhard. Beim Frühstück, das er als Genesener heute zum ersten Mal an der Tafel in der Kajüte einnahm, vermochte er wenig zu essen. Immer sah er die wilden, vertierten Gesichter der kettenrasselnden Verbrecher vor sich.

»Sie hatten wohl keine Ahnung von der Art unserer Ladung, was Mr. Burgdorf?«, sagte der Kapitän.

»Nein«, erwiderte der junge Mann. »Doktor Maitland hielt es wohl für richtiger, darüber zu schweigen, bis er mir die Sträflinge persönlich zeigen konnte. Ich sah übrigens einige darunter, die von guter Herkunft sein müssen. Der eine mit dem blonden Bart ...«

»Ich dachte mir, dass der Ihnen auffallen würde«, unterbrach ihn der Doktor. »Ein ehemaliger Hauptmann in einem unserer feinsten Regimenter. Sein Name ist Westall. Er heiratete ein armes Mädchen und musste dann seine Hauptmannschaft verkaufen, weil sein Vater ihm jede Unterstützung verweigerte (die Offiziersstellen in der englischen Armee und Marine wurden früher gekauft und verkauft).

»Das ist doch aber kein Verbrechen!«, rief Bernhard erstaunt.

»Nein, aber er soll dann auf einem Wechsel seines Vaters Unterschrift gefälscht und seinen Burschen beauftragt haben, den Betrag auszuzahlen. Der Vater wollte den Wechsel nicht einlösen und das Ende vom Lied war seine Verurteilung zur Deportation auf fünf Jahre. Er hatte bis zuletzt nicht aufgehört, seine Unschuld zu beteuern, allein die Aussagen seines Vaters und seines Burschen brachen ihm den Hals.«

»Vielleicht ist er unschuldig verurteilt worden«, entgegnete Bernhard. »Er war der Einzige, der mir gerade und fest ins Gesicht sehen konnte. Haben Sie mit ihm schon persönlich gesprochen?«

»Das habe ich, obgleich es gegen die Vorschrift verstößt. Er hat eine geschickte Hand und da beauftragte ich ihn, kleine Blechschilder mit dem Schiffsnamen und Flaggen darunter für die Boote zu malen. Mit des Kapitäns Erlaubnis möchte ich ihn auch in der Kajüte beschäftigen.«

»Ich werde nichts dagegen haben«, sagte Keppen Johnston, »vorher aber dem Steward befehlen, die silbernen Löffel zu verstecken.«

»Der Mann würde ebenso wenig Löffel stehlen wie ich selber!«, sagte Bernhard. »Ich bürge für seine Ehrlichkeit! Ich behaupte sogar, dass er unschuldig verurteilt worden ist! Das ist schon oft genug vorgekommen! Was sagen Sie, Doktor?«

»Das wäre ein fürchterliches Unglück für ihn«, antwortete dieser. »Denken Sie, was er in der Gesellschaft dieser Kerle leiden muss, mit denen er zu schlafen, zu essen, deren gemeine und schändliche Reden, Flüche und Lästerungen er Tag und Nacht anzuhören gezwungen ist. Aber was nützt es, darüber zu sprechen. Ich will nur hoffen, dass Sie mir nicht böse sind, weil ich Sie hier an Bord zurückgehalten habe.«

»Wie sollte ich? Sie haben nur pflichtgemäß an mir gehandelt. Es ist nicht Ihre Schuld, dass es Sträflinge in der Welt gibt.«

»Nein, aber Sie hätten mich für unaufrichtig halten können, weil ich Ihnen nicht gleich zu Anfang sagte, dass der *Jupiter* von der Regierung gemietet sei, um sechzig Sträflinge nach Port Blair zu schaffen.«

»Liegt denn eine Gefahr in dem Anbordsein dieser Verbrecher?«

»Durchaus nicht. Sie haben das von mir angewendete System kennengelernt. Ich lasse nie mehr als fünfzehn Mann auf einmal an Deck kommen. Was könnten die gegen eine Besatzung von siebenundzwanzig bewaffneten Matrosen ausrichten?«

»Nichts«, sagte Bernhard. »Sie lassen die Leute jedenfalls doch auch arbeiten.«

»Sicherlich. Jeden nach seiner Fähigkeit. Da sind verschiedene Ballen Tuch an Bord für die Schneider, Leder für die Schuster, Holz für die Tischler und Zimmerer. Ist ein Schmied darunter, dann richten wir ihm eine Schmiede her, und so weiter. Wer kein Handwerk versteht, muss von den anderen lernen.«

Das Gespräch vom Frühstückstisch drehte sich noch eine Weile um die Beschäftigung der Sträflinge, dann ging jeder wieder an seine Obliegenheiten. Bernhard aber suchte seine Koje auf; diese ersten Stunden in freier Luft hatten ihn angegriffen, und dazu gab es für ihn viel zu denken.

Das schöne Wetter hielt an; Bernhard verweilte soviel wie möglich an Deck. Es dauerte einige Zeit, ehe er sich an den Gedanken, mit so vielen Verbrechern in einem so engen Raum zusammen zu sein, gewöhnt hatte. Trotzdem interessierten ihn diese Unseligen und er beobachtete sie, so oft er Gelegenheit dazu fand.

Unter den Sträflingen, die auf bestimmten Arbeitsplätzen an Deck ihr Handwerk auszuüben hatten, befanden sich auch einige Lässige und Faule. Der Schlimmste und Widerwilligste unter diesen war ein Zimmermann, ein Mensch von herkulischer Gestalt, den der Doktor eines Tages, als alles Zureden nichts fruchtete, auf vier Tage bei Wasser und Brot in Einzelhaft setzen ließ, und zwar in den Kettenkasten.

Am Morgen nach der Verbüßung dieser Strafe durfte er die Arbeit wieder aufnehmen, und der Doktor richtete einige mahnende und freundliche Worte an ihn. Kaum aber hatte er den Rücken gewendet, da packte der Kerl das lose Bein eines auszubessernden Kajütenstuhls und führte damit einen wütenden Schlag nach des ahnungslosen Kopf. Zum Glück machte der Doktor in diesem Augenblick eine Wendung, so dass das schwere Holz nur seine Schulter traf; trotzdem aber fiel er unter der Wucht des Streiches an Deck nieder. Im nächsten Moment hatte der Angreifer ihn bei der Kehle gepackt und das Stuhlbein erhoben, ihm damit den Schädel einzuschlagen. Allein ehe er dies auszuführen vermochte, erhielt er selber einen furchtbaren Faustsoß gegen die rechte Kopfseite, der ihn sechs Schritte weit fortschleuderte und an Deck niederkrachen ließ.

Der Doktor erhob sich schnell; kaum stand er auf den Beinen, da kam der Angreifer brüllend wie ein wildes Tier wieder herangestürzt, aber nicht gegen ihn, sondern gegen den Mann, der ihm den Faustsoß versetzt und dadurch dem Doktor das Leben gerettet hatte. Der traf den Wütenden so gewaltig gegen den Kinnbacken, dass er gegen die Reling prallte und dann zusammenstürzte.

Bernhard hatte alles beobachtet; er sah auch, wie einige der anderen Sträflinge in Aufregung gerieten und Miene machten, dem Niedergeworfenen zu Hilfe zu kommen. Da erschien der Kapitän auf dem Schauplatz, in jeder Hand eine gespannte Pistole.

»Wer sich rührt, ist tot!«, rief er. Zwei Sekunden später standen auch die Matrosen der Wache mit ihren Gewehren schussbereit. Der Doktor hatte gleichfalls seine Pistole hervorgezogen, in Erwartung eines abermaligen Angriffs von Seiten des tückischen Zimmermanns. Der aber lag regungslos auf dem Schaudeckel und über ihm stand der Mann, auch ein Sträfling, der ihn niedergeschlagen hatte.

»Hinunter mit dem Gang in die Großluk!«, befahl der Doktor. »Wo ist der Bestmann?«

»Ich bin der Bestmann, Sir«, antwortete der Besieger des Mordgesellen.

»Vorwärts, führt den Gang unter Deck!«, sagte der Doktor, ohne ein Wort der Anerkennung für den Dienst, den der Mann ihm geleistet hatte. Der erhob salutierend die Hand und gehorchte. Die Sträflinge wurden von bewaffneten Mannschaften ins Zwischendeck eskortiert; als die Letzteren zurückkamen, gebot der Doktor, seinen Angreifer in Eisen zu legen. Man versuchte wiederholt, ihn aufzurichten, aber immer wieder sank er zusammen.

Der Doktor verwendete kein Auge von des Kerls übel zugerichtetem Gesicht.

»Legen Sie ihm die Handschellen an, Quartermaster«, sagte er.

»Er scheint tot zu sein«, bemerkte der Midshipman Hopkins.

»Die Handschellen!«, wiederholte der Doktor heftig. Die Eisen wurden ohne Schwierigkeit an den Handgelenken des Menschen befestigt, der dann mit dem Rücken an ein Wasserfass gelehnt und so in eine sitzende Stellung gebracht wurde.

»Mit dem ist's sicher aus«, brummte Hopkins. »Abwarten«, sagte der Doktor. »Holen Sie mir, bitte, mein Lanzettenkästchen aus meiner Kammer; ich will ihn zur Ader lassen.«

Hopkins lief achteraus; als er zehn Schritt fort war, rief der Doktor ihm nach: »Bleiben Sie, ich brauche keine Lanzette. Sie haben recht, der letzte Schlag hat ihm den Rest gegeben. Er ist tot; hievt ihn über Bord, Leute. Gleich hier über die Reling mit ihm!«

Allein ehe die Matrosen ihn noch anpacken konnten, hatte der Kerl die Augen geöffnet und wütend einen Fußstoß gegen den Nächststehenden geführt, ohne ihn jedoch zu treffen. Eine Flut der abscheulichsten Schimpfreden gegen den Doktor folgte.

»Das habe ich mir gedacht«, sagte dieser ruhig. »Ich kenne das. Er ist nicht der Erste, der diesen Trick versucht hat. Legt ihm die Kugelfesseln an und dann staut ihn in den Kettenkasten.«

Die Schmähungen des sich wie ein Rasender wehrenden Verbrechers verstummten erst, als er tief unten in dem stockfinsteren Kasten auf den rostigen Ankerketten lag.

Der Doktor und Bernhard begaben sich achteraus.

»Wissen Sie, wer Ihnen das Leben gerettet hat?«, fragte der Letztere.

»Gewiss weiß ich das. Westall ist's gewesen, für den Sie so viel übrig haben. Er führt eine gute Faust.«

»Und Sie schickten ihn unter Deck ohne auch nur ein einziges freundliches Wort!«, sagte Bernhard vorwurfsvoll.

»Disziplin, my boy; einen anderen Verkehr mit Sträflingen gibt es nicht.«

Hopkins, gegen den Bernhard sich später über des Doktors Auffassung der Sache beklagte, schüttelte geheimnisvoll lächelnd den Kopf und machte allerlei Gebärden, deren Sinn er seinen neuen Schiffsgenossen, mit dem er sich bereits angefreundet hatte, zu erraten überließ.

Ehe die Sonne an jenem warmen Tag in den Ozean niedertauchte, hatte unser Held wieder eine bessere Meinung von Doktor Maitland gewonnen.

Am Ende der ersten »Hundewache« (vier bis sechs nachmittags), die Schiffsglocke hatte soeben vier Glasen verkündet, rief die schrille Bootsmannspfeife alle Mann an Deck. Der Doktor erschien in Uniform in die Kajüte, den Säbel an der Seite. Auch der Kapitän war in voller Kriegsbemalung, wie der Steward sich höchst respektwidrig ausdrückte.

»Was hat das alles zu bedeuten?«, fragte Bernhard den Doktor.

»O, eine kleine dienstliche Sache, eine Probe meiner Disziplin. Kommen Sie mit an Deck, dann werden Sie sehen, was vorgeht.«

An Deck fand Bernhard die Besatzung in ihren besten

Kleidern angetreten. Die beiden Steuerleute, den Bootsmann, den Zimmermann, die drei Midshipmen, alle bewaffnet: Die Offiziere mit Säbeln und doppelläufigen Pistolen, die Matrosen außerdem noch mit Gewehren.

Während Bernhard sich noch fragte, welchen Zweck diese Paradeaufstellung wohl haben möge, schritten der Doktor und der Kapitän nach dem Vordeck. Bald wusste er, um was es sich handelte.

Achter dem Fockmast war eine dreieckige Gräting aufgerichtet, an jeder Ecke einen Stropp; daneben stand einer der Mannschaft - der Bootsmannsmaat. Seine einzige Waffe war ein kurzer, dicker Bambusstock, von dessen Enden eine Anzahl dicht mit Knoten versehener starker Schnüre herabhing. Bernhard hatte öfters von der »neunschwänzigen Katze«, als einem Strafinstrument an Bord englischer Schiffe gelesen, jetzt sah er ein solches in Wirklichkeit.

Bei dergleichen Gelegenheiten führte der Sträflingsarzt das höchste Kommando an Bord. Er gab jetzt den Befehl, sämtliche Sträflinge an Deck zu schaffen; der Kapitän zählte zehn Matrosen ab, die unter Führung des Obersteuermanns Rick die Order auszuführen hatten. Die Luken wurden abgedeckt, die Sträflinge marschierten nach vorn und stellten sich in zwei Reihen, zu beiden Seiten der Gräting auf. Sodann ließ der Kapitän die englische Flagge heißen und zugleich einen Kanonenschuss abfeuern; die Schiffsmannschaft salutierte mit ihren Waffen, die Säbelklingen der Offiziere blinkten in der Sonne.

Darauf begaben sich der Obersteuermann und sechs Matrosen zum Kettenhaken und kehrten mit dem Gefangenen zurück, der eine schwere, an seinen Füßen befestigte Fessel mit einer fünfpfündigen Eisenkugel daran hinter sich herschleppte. Er lachte frech und trotzig und schnitt den anderen Sträflingen Gesichter zu.

Der Doktor diktierte ihm seine Strafe: zwei Dutzend Streiche mit der Katze. Im Nu war ihm das Hemd abgestreift und er an die Gräting gebunden, die Hände an die obere Ecke, die vorübergehend von der Fessel befreiten Füße an die beiden unteren.

Bernhard war auf dem Achterdeck geblieben. Er mochte das widerwärtige Schauspiel der Auspeitschung nicht mit ansehen. Er hörte das Pfeifen der Geißel und den Kapitän laut die Streiche zählen. Erst beim sechsten fing der Verurteilte an zu brüllen. Der junge Mann hielt sich die Ohren zu und blickte hinunter in die klare blaue Flut, durch die das Schiff langsam dahinglitt.

Als der Strafvollzug beendet und der Gezüchtigte weggeschafft worden war, meinte Bernhard, dass die Mannschaft nun wieder abgepfiffen werden würde; allein er irrte sich, denn plötzlich hörte er den Doktor rufen:

»Nummer 473, zwei Schritt vortreten!«

Der Sträfling Westall trat zwei Schritte vor die Front seines Ganges und salutierte durch Erheben der Hand zuerst den Doktor, dann den Kapitän.

»Nummer 473«, sagte der Doktor, »Eure heutige brave Aufführung hat Anerkennung gefunden. Ich teile Euch in Gegenwart von allen Mann an Bord dieses Schiffes mit, dass ich einen entsprechend günstigen Vermerk hinter Eurem Namen im Logbuch eingetragen habe und eröffne Euch zugleich, dass dadurch Eure Strafzeit um ein Jahr vermindert werden wird. Ich hoffe, dass alle anderen Sträflinge sich ein Beispiel an Euch nehmen werden. Zurücktreten!«

Nummer 473 grüßte schweigend, trat wieder in die Reihe, und gleich darauf marschierte er mit den anderen wieder in die Großluk hinunter.

Siebentes Kapitel

Warum der Doktor Maitland einen Sträfling niederschießt und warum er, nach Bernhards Meinung, das beste Herz hat. Des Doktors salomonischer Spruch. - Wie Bernhard und Nummer 473 Freundschaft schließen. - »Croker also heißt der Kerl?« - Etwas von den fliegenden Fischen. Was Bernhard erlauschte.

Es war der dritte Abend nach der Strafvollstreckung an dem meuchelmörderischen Sträfling. Das Schiff rauschte, vom Nordpassat getrieben, mit einer Fahrt von neun Knoten durch die leicht bewegte Flut des Atlantischen Ozeans. Der Kapitän saß mit dem Doktor und Bernhard in angeregter Unterhaltung auf dem Kampanjedeck. Der volle Mond stand hoch am wolkenlosen Firmament und besäte die rippelnde, schaumlose Oberfläche der See mit unzähligen glitzernden Lichtlein, die sich mit dem Phosphorleuchten der Tiefe vermischten. Die Nachtluft war von angenehmer Kühle, obgleich der *Jupiter* nur noch etwa fünf Grad vom Äquator entfernt war.

Keppen Johnston hatte seinen Freunden eine ausführliche Schilderung des Kampfes gegeben, den er südlich von Celebes gegen die malaiischen Seeräuber hatte ausfechten helfen. Auch Doktor Maitland hatte einige seiner interessanten Erlebnisse erzählt, denn er war an mehreren Forschungsreisen in Mittelamerika und Südafrika beteiligt gewesen, auf denen es an Abenteuern nicht gefehlt hatte.

An Deck war alles still. Man hörte nichts, als das Geplauder der wachthabenden Matrosen und ab und zu das Lachen eines der Midshipmen, der einem Schiffsgenossen einen Witz erzählte. Plötzlich wurde aus dem Zwischendeck ein dumpfes Getümmel wie von einem heftigen Handgemenge vernehmbar, dazu Rufe und Geschrei.

Der Doktor eilte nach vorn.

»Lukendeckel ab!«, rief er. »Eine Laterne her! Die Treppe!«

Die Befehle wurden ausgeführt; schnell eilte er die Stufen hinab und leuchtete in den eisernen Käfig hinein. Der Lichtschein schien die Wut der tobenden und wild miteinander kämpfenden Sträflinge noch zu steigern. Er zog seine Pistolen.

»Auseinander!«, donnerte er. »Ich zähle bis drei, dann schieße ich! Eins - zwei - drei!«

Der Schuss krachte, gefolgt von einem heulenden Schmerzensschrei. Das Getümmel hörte plötzlich auf, alles wurde still, nur ein Gestöhne war noch vernehmbar.

»An Deck da!«, rief der Doktor den Matrosen der Steuerbordwache zu, die mit ihren Gewehren die Luke umstanden. »Klar zum Feuern! Schießt jeden nieder, der auch nur Hand und Fuß rührt!«

Das Knacken der Hähne unterbrach unheimlich das Schweigen.

Auf einen Wink des Doktors stiegen jetzt auch der zweite Steuermann und der Bootsmann hinunter. Der Doktor übergab dem Steuermann die Laterne, schloss die Tür auf und betrat festen Schrittes den Käfig. Die Sträflinge waren soweit zurückgewichen, als der Raum dies gestattete, alle bis auf zwei, die regungslos bei dem das Zwischendeck durchbohrenden Fockmast lagen. Der Doktor beugte sich über sie.

»Leuchten Sie hierher, Steuermann. Gut. Bootsmann, drei Mann mit einer Tragbahre.«

Wenige Minuten später lagen die beiden Sträflinge auf dem Oberdeck. Bernhard kam zögernd herzu und erkannte bei dem hellen Mondschein in dem einen den ehemaligen Hauptmann Westall, dessen Antlitz todesbleich und mit Blut befleckt war.

»Ich wusste es, dass sie ihn ermorden würden!«, rief er, bei dem Leblosen niederkniend. »Er hatte für den Doktor Partei genommen, das musste gerächt werden!«

»So schlimm ist es noch nicht, my boy«, sagte der Kapitän, der gleich nach dem Doktor nach vorn gekommen war. »Die Schurken sind übel mit ihm umgegangen, aber daran stirbt er nicht.«

Ganz vorn auf dem Vordeck stand ein kleines Deckhaus, das als Lazarett für die Sträflinge diente. Dorthin ließ der Doktor den anderen Mann schaffen, der eine Schusswunde am Schenkel hatte. Dann wendete er sich zu Westall.

»Habt Ihr außer diesen Kopfwunden noch andere Verletzungen?«, fragte er.

Der Mann bewegte die Lippen, konnte aber kein Wort hervorbringen.

»Nun, es wird sich schon herausstellen. Jetzt will ich schnell nach dem sehen, der meine Kugel im Leib hat.«

»Wer ist der Mensch?«, fragte Bernhard.

»Erkannten Sie ihn nicht?«

»Der Kerl, den Sie peitschen ließen?«

»Derselbe. So schlecht er auch ist, er muss wieder kuriert werden.«

Darauf befahl er den Matrosen, Nummer 473 auf die Bahre zu legen und ebenfalls ins Lazarett zu tragen.

»Doktor Maitland, nicht ins Lazarett, ich beschwöre Sie!«, rief Bernhard. »Das dürfen Sie nicht!«

»Oho, warum nicht?«, entgegnete der Doktor erstaunt und zugleich belustigt über die Keckheit des jungen Mannes.

»Weil der andere, sobald er sich wieder rühren kann, den Hauptmann umbringen würde!«

»Den Hauptmann? Ich kenne hier an Bord dieses Schiffes keinen Hauptmann. Es handelt sich um Nummer 473 vom Gang Eins. Wenn Sie meinen, dass ich den Träger dieser Nummer nicht ins Lazarett schicken kann, dann bin ich anderer Meinung. Ich habe die Macht, in jedem Teil dieses Schiffes Ordnung und Gehorsam zu erzwingen.«

»Trotzdem werden Sie ihn nicht dorthin bringen lassen, nicht wahr?«, entgegnete Bernhard mit flehendem Ton.

»Nein, aber nur, weil mir einfällt, dass ich ihn dort nicht genügend beobachten kann«, sagte der Doktor, und zu den Matrosen gewendet, die die Bahre bereits aufgenommen hatten, fügte er hinzu: »Tragt ihn also achteraus und legt ihn in eine der Kojen der Operationskammer.«

»Dank, Doktor, Dank!«, rief Bernhard. »O, ich wusste, dass Sie das beste Herz haben!«

Am folgenden Morgen beim Frühstück berichtete der Doktor, was er von seinem Patienten über die Ursache des wüsten Kampfes der vergangenen Nacht in Erfahrung gebracht hatte. Der ausgepeitschte Sträfling hatte geschworen, dass der Mann, der seinen Mordversuch gegen ihn vereitelt hatte, das Ende der Woche nicht erleben solle. Er bewog eine Anzahl seiner Genossen, die Bösartigsten der ganzen Bande, zu einer bestimmten Stunde der Nacht mit ihm über Nummer 473 herzufallen, um ihn totzuschlagen. Wie geplant, so getan! Westall aber wusste sich die Mordgesellen mit seinen bloßen Fäusten eine lange Zeit vom Leib zu halten. Endlich jedoch rang die Übermacht ihn nieder, und jetzt wäre er verloren gewesen, wenn nicht im letzten Moment der Doktor durch den Lärm herbeigerufen worden wäre.

Gegen Abend fand abermals eine große Parade der Mannschaft und der Sträflinge an Deck statt. Die dreieckige Grätung war wieder da und neben ihr stand der Bootsmannsmaat mit der Neunschwänzigen. Viele der Sträflinge trugen die Spuren von Westalls Faustschlägen auf ihren Gesichtern in Gestalt verschwollener Augen und großer Beulen.

Doktor Maitland stand neben dem Kapitän an der Balustrade des Achterdecks.

»Ihr wisst, was letzte Nacht im Zwischendeck geschehen ist«, sagte er zu den Sträflingen. »Zwanzig von euch sind feige und in mörderischer Absicht über einen einzelnen Mann hergefallen. Wäre ich nicht gekommen, dann hättet ihr ihn umgebracht und dafür in Kapstadt am Galgen hängen müssen.

Den Rädelsführer habe ich durch einen Schuss niedergestreckt. Ich habe beschlossen, die übrigen Schuldigen nicht eher peitschen zu lassen, bis er tot und begraben ist. Bis dahin habt ihr Zeit zu überlegen, ob ihr euch fortan besser betragen wollt. Begeht ihr noch einmal solch einen Unfug, dann erschieße ich den Anstifter und lasse allen Beteiligten ein paar Dutzend aufzählen. Marsch unter Deck. Mannschaften abpfeifen, Bootsmann!«

Nach diesem salomonischen Spruch Doktor Maitlands waren mehrere Tage verstrichen. Bernhard hatte viel über Nummer 473 nachdenken müssen und diese Gedanken öfters auch seinem ärztlichen Freund mitgeteilt. Seine Verwunderung war groß, als der Letztere ihn eines

Nachmittags bei der Hand nahm, zur Tür der Operationskammer führte, diese öffnete und hineinrief:

»Nummer 473, ich habe einem jungen Gentleman die Erlaubnis erteilt, mit Euch zu reden; er mag bis acht Glasen bei Euch bleiben. Dann komme ich, den Verband zu erneuern.«

Damit schob er Bernhard in die Kammer und machte die Tür hinter ihm zu.

Der Sträfling saß, durch Kissen emporgehalten, in seiner Koje. Er trug ein feines weißes Hemd; Bernhard fragte sich unwillkürlich, woher er das wohl haben mochte, da es ganz denen glich, die der Doktor zu tragen pflegte. Der Mann sah ihn mit seinen großen blauen Augen unverwandt an und sprach kein Wort, so dass Bernhard beinahe in Verlegenheit geriet.

»Ich dachte, dass Sie sich vielleicht einsam fühlten«, begann der Letztere, »und dass es Ihnen vielleicht angenehm wäre, wenn jemand käme und ein wenig mit Ihnen plauderte. Habe ich mich geirrt, Hauptmann Westall?«

Der Mann fuhr zusammen.

»Woher ... wissen Sie ...«, stammelte er.

»Verzeihung, der Doktor hat mir Ihren Namen genannt«, entschuldigte sich Bernhard.

»Hier nennt mich niemand so, hier bin ich Nummer 473. Einen Hauptmann Westall gibt es nicht mehr. Der ist tot für die Welt.«

»Ich sehe nicht ein, warum ich Sie nicht so nennen soll, da ich überzeugt bin, dass Sie nichts getan haben, wodurch dieser Name entehrt sein könnte«, sagte Bernhard. »Ich halte Sie für unschuldig, sind Sie's nicht?«

»Ja, ich bin unschuldig!«, entgegnete der andere heftig.

»Ich bin unschuldig des Verbrechens, wegen dessen man mich zu fünfjähriger Deportation verurteilt hat. Das schwöre ich! Doch was nützt mein Schwören, da mir doch niemand glaubt!«

»Ich glaube Ihnen, auch ohne Ihren Schwur«, erwiderte Bernhard; »ich habe Sie von Anfang an für unschuldig gehalten. Darf ich Ihnen die Hand darauf geben?«

Der Sträfling erfasste mit seiner braunen Hand die des jungen Mannes und drückte sie fest und lange. Dabei schauten sie einander ehrlich und treu in die Augen. Keiner redete; der Freundschaftsbund wurde schweigend geschlossen.

»Und nun erst komme ich dazu, mich nach Ihrem Befinden zu erkundigen«, begann Bernhard endlich wieder. »Ich hoffe, dass Sie bald wieder ganz hergestellt sein werden!«

»Ich hoffe das nicht«, entgegnete Westall, »denn der Gedanke, in die Zwischenhölle zurückkehren zu müssen, nachdem ich mich hier wie im Paradies befunden habe, ist fürchterlich für mich.«

»Das kann ich mir vorstellen«, sagte Bernhard. »Aber vielleicht gestattet Ihnen der Doktor, bis ans Ende der Reise hier zu bleiben. Übrigens glaube ich, dass die Kerle da unten gar kein Verlangen tragen, Sie wieder bei sich zu sehen. Sie haben in jener Nacht eine ganze Menge von den Schurken doch ganz schrecklich zusammengehauen!«

»Nun ja, einige mag ich wohl etwas beschädigt haben«, antwortete Westall. »Wissen Sie etwas über den Rädelsführer, den Croker? Der Doktor hat ihn ja wohl niedergeschossen. Ist er tot?

»Croker heißt der Kerl?«

»Ja, er ist zu lebenslänglicher Deportation verdonnert, weil er seine Frau ermordet hat.«

»Solch ein Ungeheuer!«, sagte Bernhard. »Schade, dass der Doktor ihm nicht den Rest gab. Die Schusswunde ist bald geheilt, in der nächsten Woche wird er wieder in den Gang eingestellt werden.«

»Der Doktor und der Kapitän, überhaupt auch jeder andere hier an Bord mögen sich vor dem Menschen in acht nehmen«, sagte Westall. »Nach seinen eigenen Worten gibt es kein Verbrechen, das er nicht schon begangen hätte. Das Leben eines Menschen gilt ihm nicht mehr, als das einer Fliege. Er hofft stark, während der Fahrt entfliehen, oder aber das Schiff verderben zu können. Sein Einfluss auf die anderen Sträflinge ist ganz unglaublich.«

Er schwieg eine Weile, dann begann er wieder: »Sie haben mir noch nicht gesagt, was Sie an Bord des *Jupiter* brachte. Sind Sie ein Verwandter des Doktors? Auch Ihren Namen weiß ich noch nicht.«

Bernhard erzählte ausführlich alles, was sein neuer Freund zu wissen begehrte, und da er viel zu berichten hatte, so wäre er damit auch noch lange nicht zu Ende gekommen, wenn der Doktor nicht in der Tür erschienen wäre.

»Time is up, my boy«, sagte der. «Kommen Sie".

Bernhard gehorchte aufs Wort. An Deck schlug es acht Glasen. Zum Abendbrot gab es in der Kajüte gebratenen Fliegefisch, das wohlschmeckendste Fischgericht, das man sich denken kann.

»Ein guter Gedanke vom Steward, uns dies leckere Mahl zu besorgen«, sagte der Doktor schmunzelnd; »das könnte der Faulpelz öfters tun. Wir sind jetzt gerade in den richtigen Jagdgründen.«

»Wie hat Pat die Fische gefangen?«, fragte Bernhard.

»Auf die einfachste Weise«, antwortete der Kapitän. »Er hielt in der Nacht eine Laterne über die Reling, da flogen sie nach dem Licht und fielen an Deck nieder.

»Also in dieser Gegend kommen sie besonders häufig vor?«, forschte Bernhard weiter.

»Ja«, sagte der Kapitän. »Zwischen dem 35. Grad Nordbreite und dem 30. Grad Südbreite, rings um den Globus, am meisten aber werden sie in den Tropen angetroffen.«

»Wie groß sind sie in der Regel?«

»Von sechs bis zwölf Zoll; der Körper ist beinahe vierkantig, Kopf und Rücken blau, Bauch silberweiß. Ihre Flugwerkzeuge sind die Brustflossen, die fast so lang sind wie der ganze Fisch und die sie beim Schwimmen fest und dicht an die Seiten halten. Mit den Bauchflossen halten sie in der Luft das Gleichgewicht und die Schwanzflosse, deren untere Hälfte viel länger ist als die obere, dient als Steuer.«

»Ich habe gelesen, dass der Flug dieser Fische nichts sei als ein verlängerter Sprung«, sagte Bernhard, »sie sollen von der geraden Linie nicht abweichen und sich auch nicht ein zweites Mal aufschwingen können, ohne zuvor wieder ins Wasser zu tauchen.«

»Ich weiß«, nickte der Doktor; »das ist eine von den Gelehrtenbehauptungen. Ich aber sage Ihnen, der Fliegefisch, der Exocetus volitans, fliegt in des Wortes voller Bedeutung. Ich habe ihn oft genug beobachtet. Ich habe ihn aufsteigen sehen, etwa zweihundert Schritt entfernt, ich habe ihn einen Halbkreis beschreiben und auf das Schiff zukommen sehen; hier erhob er sich zwanzig Fuß hoch in die Luft, wich dabei gleichzeitig im rechten Winkel von seinem Kurs ab und flog eine lange Strecke in dieser Richtung weiter. Als er sich dann zum Wasser niedersenkte, tauchte ein Delphin mit offenem Rachen auf; da schnellte er empor und flog fast denselben Kurs wieder zurück. Ähnliches kommt so oft vor, dass es mich wundert, dass es so wenig bekannt ist. Ein ausgewachsener Fisch kann mindestens zweitausend Schritt fliegen. Seine Flossen bewegen sich dabei nicht wie Vogelflügel, aber sie vibrieren mit hörbarem Gesumm, wie die Flügel der Insekten. Der Flug hört notgedrungen auf, wenn die ausgespannte feine Haut der Flossen trocken und steif wird.«

»In der Südsee haben wir eine andere Art von Fliegefischen gefangen und gegessen«, sagte der Kapitän. »Die maßen oft mehr als achtzehn Zoll und waren nicht selten zwei bis drei Pfund schwer. Bei denen waren, außer den Brustflossen, auch die Bauchflossen so groß, dass sie tatsächlich vier Flügel hatten, was ganz kurios aussah. Ihre Färbung war nicht blau, sondern schwarz, auch die Flossen waren schwarz, mit silbernen Querstreifen.

»Auf Barbados«, so fuhr er fort, »ist der Fang der Fliegefische der Haupterwerbszweig eines großen Teils der Einwohner. Die Insel liegt mitten im Nordostpassat und die See wimmelt dort von den Fliegern, die sich ganz in der Nähe der steilen Küsten halten. Als ich mich dort aufhielt, gingen etwa zweihundert Boote auf diesen Fang, plumpe, butzköpfige Fahrzeuge von fünf bis fünfzehn Tonnen, einmastig, mit Großsegel und Klüver und zwei langen Riemen, wenn's mal Windstille geben sollte. Und alle hellblau gestrichen, damit sie von dem blauen Wasser möglichst wenig abstachen und die Fische nicht erschreckten.«

»Schon lange vor Sonnenaufgang läuft die Flotte aus dem Kanasch, wie sie dort für Hafen sagen, jeder Schiffer segelt seiner eigenen Nase nach. Wenn die Sonne da ist, geht's ans Werk. Das Fahrzeug besteht aus einem hölzernen Reifen von drei Fuß Durchmesser, der den Rand eines flachen Netzes mit zollweiten Maschen bildet, und einem Eimer voll von stinkenden Fischen. Die Besatzungen bestehen aus Menschen von allen Farben, vom tiefsten Schwarz bis zu dem Gelbgrauweiß, das man so häufig auf Barbados findet.«

»Das Fischerkostüm ist nichts als ein Kartoffel- oder Mehlsack mit drei Löchern, eines für den Kopf und zwei für die Arme. Sobald der Fang beginnt, darf niemand an Bord mehr einen Laut von sich geben, sonst verschwinden die Fische und lassen sich an dem Tag nicht mehr sehen. Der Fischer lehnt sich nun weit über Bord, den Reif schräg nach unten geneigt in der Rechten. Mit der Linken taucht er einen der verwesten Fische ins Wasser und zerdrückt ihn dort in kleine Stücke, teils als Köder, teils auch um durch das ausgequetschte ölige Fett die Wasseroberfläche zu glätten und dadurch einen ungehinderten Blick in die Tiefe zu gewinnen.«

»Bald steigen die Fische in Schwärmen auf, bis zu des regungslosen und kaum atmenden Mannes Bereich. Der drückt das Reifennetz sacht abwärts und zugleich gegen die Schiffsseite und zieht es dann an dieser aufwärts. Oft sind so viele Fische darin, dass er es kaum an Bord heben kann. Das geschieht so ruhig und so schnell, dass die übrigen, dichtgedrängten Fische nichts davon merken, und oft wird aus einer einzigen »Schule«, das ganze Boot gefüllt, wozu sieben bis achttausend Fische nötig sind.«

»Zuweilen verschwinden die Schwärme oder Schulen

ganz urplötzlich und ein Haufen Albikore, Delphine oder Bonitos erscheint an ihrer Stelle. Jetzt werden eiligst die Angeln ausgeworfen, lebende Fliegefische an die Haken gesteckt und diese Köder achterangeschleppt. Dann fängt sich wohl bald ein Albikor oder ein anderer großer Fisch im Gewicht von etwa zwanzig bis zweihundert Pfund.«

»Als ich einmal hinausgesegelt war, zeigte sich wenig Aussicht auf einen ergiebigen Fang von Fliegefischen. Wir suchten die wenigen, die sich einstellten, mit dem übelduftenden Köder anzufüttern, aber auf einmal machten sich alle davon; sie brachen aus dem Wasser mit einem Geräusch, das sich wie ein schwerer Regenfall anhörte, und gleich darauf gewahrten wir einen mächtigen Albikor. Bald saß er an der Angel, und nun ging es los. Über eine Stunde schleppte uns diese Riesenmakrele hin und her, wohin sie wollte, kreuz und quer durch die Flotte hindurch. Als der Kerl endlich matt geworden war, bugsierten wir ihn in den Hafen und ließen ihn hier mit einem Kran aus dem Wasser hieven. Er wog vierhundertsiebzig Pfund, der schwerste Albikor, der je bei Barbados gefangen worden war. Der Schiffer, ein Schwarzer, war mit seiner Morgenarbeit sehr zufrieden.«

Nach beendeter Mahlzeit begab Bernhard sich nach Westalls Kammer, um hier noch ein wenig zu plaudern. Er fand jedoch den Patienten schlafend. Um ihn nicht zu stören, setzte er sich still auf eine Kiste, die unter dem offenen Fenster stand. Obgleich die Matrosen der Wache sich in der Regel nicht hier achtern aufhalten sollten, so vernahm er dennoch bald die gedämpften Stimmen zweier derselben, die, dem Schalle nach, an der Reling stehen mussten.

»Lass uns erst in Kapstadt sein«, sagte der eine, »dann weiß ich, was ich tue.«

»Willst du da ablaufen?«, fragte der andere.

»Ich sage bloß, dann weiß ich, was ich tue. Ist der Kasten hier vielleicht ein Schiff für ehrliche Seeleute? Hier gibt's bloß Arbeit für Soldaten. Ich habe als Vollmatrose angemustert, aber wenn wir morgens austörnen, dann gibt's nichts als Drill ... Gewehrdrill, Säbeldrill ... als wären wir an Bord eines Linienschiffs.«

»Das hatte ich auch nicht vorausgesehen«, brummte der Zweite.

»Auch keiner von all den anderen im Logis«, erwiderte der Erste. »Und dann ... ab die Lukendeckel! Treppe ins Zwischendeck! Laterne her! Jeden Tag dasselbe. Und dann wieder ... alle Mann auf ... und seht euch mit an, wie einem armen Kerl mit der Neunschwänzigen der Rücken zerfetzt wird! Das mag der Teufel aushalten, ich kann's nicht. Liegen wir nur erst in Tafelbai vor Anker, dann wird Keppen Johnston sich wundern!«

»Das soll er wohl«, brummte der Zweite. Dann wurde das Gespräch so undeutlich, dass Bernhard nichts mehr verstehen konnte, und schließlich entfernten sich die beiden.

Als Westall bald darauf erwachte, teilte der junge Mann ihm mit, was er gehört hatte.

»Ich hatte so etwas erwartet«, sagte der Sträfling. »Die mürrischen und verdrossenen Gesichter der Matrosen waren mir längst aufgefallen. Ich wundere mich nicht darüber; der Dienst hier an Bord kann nach keines rechten Seemannes Geschmack sein.«

»Meinen Sie, dass die Leute in Kapstadt desertieren wollen?«

»Wenn sie Gelegenheit finden, dann sicher. Aber der Kapitän wird das zu verhindern wissen. Er wird weit genug vom Land zu Anker gehen und kein Boot langseit kommen lassen, ohne scharf aufzupassen.«

Bernhard redete nicht mehr über die Sache und hielt es auch nicht für nötig, dem Kapitän gegenüber das Gespräch der Matrosen zu erwähnen.

Einige Tage später verkündete der Ausguckmann »Land in Sicht.«

Als die sinkende Sonne die Kimmungslinie beinahe erreicht hatte, erblickte Bernhard in südöstlicher Richtung die schwachen schattenhaften Umrisse der Küste.

Er musterte sie lange durch das Teleskop und sagte dann zu Doktor Maitland, dass er fände, sie sähe aus wie jede andere Küste.

»Ja, was hatten Sie denn erwartet?«, fragte sein ärztlicher Freund lächelnd. »Hofften Sie, vielleicht Tausende von Hottentotten auf den Klippen stehen und Sie erwarten zu sehen?«

»Wenn auch das nicht, so dachte ich doch, es müssten Palmen zu sehen sein«, entgegnete Bernhard. »Auf allen Bildern von Afrika, die ich in der Hand gehabt, waren lange Reihen von Palmen immer die Hauptsache. Natürlich auch Löwen. So ohne Palmen und ohne Löwen will mir gar nicht in den Kopf, dass das da drüben Afrika sein soll.«

»Na, es ist's aber, beruhigen Sie sich«, lachte der Doktor und wieder ernst werdend fügte er hinzu: »Ich wollte, es wären die Andamanen.«

»Nachdem ich Ihre Aufgaben hier an Bord kennengelernt habe, glaube ich Ihnen das gern«, sagte Bernhard.

Der Doktor nickte trübsinnig.

»Noch niemals habe ich mit einer so bösartigen Bande zu tun gehabt«, sagte er. »Die fünfzig Sträflinge des letzten Transports waren Gentlemen im Vergleich mit diesem Gesindel.«

»Sie werden also keinen von ihnen in Kapstadt an Land gehen lassen?«

»An Land gehen lassen? My dear boy! Ich tät's wenn da ein paar von Ihren Löwen bei der Hand wären und ich der Regierung gegenüber keine Rechenschaft über die Kerle abzulegen hätte! Wenn ich etwa hundert gesunde hungrige Löwen zu den Kerlen da unten ins Zwischendeck sperren könnte, dann erwiese ich uns und der übrigen Menschheit eine Wohltat!«

Achtes Kapitel.

In der Tafelbai. - An Land. - »Kein einziger Löwe in Sicht!« - »Die Gigmannschaft ist davongelaufen!« - Das Boot unter dem Bug. - Warum der Doktor auch desertieren will. - Die neue Mannschaft. - Des Bootsmanns Bedenken. - Was Bernhard sah, als der Mond aufging. - Das Wrack. - Westall sieht einen Geist.

In der Nacht ging der *Jupiter* in der Tafelbai zu Anker. Als Bernhard in der Frühe des nächsten Morgens Ausblick hielt, lag in dem runden Rahmen seines Kammerfensters der Tafelberg vor ihm wie ein Gemälde. Er erkannte ihn sogleich, hatte er ihn doch oft genug in Reisewerken abgebildet gesehen. Die Abhänge erschienen braungelb, denn es war Hochsommer am Kap. Das ›Tafeltuch‹ von weißem Nebel entschwebte langsam in nördlicher Richtung.

In wenigen Minuten war er auf dem Kampanjedeck. Die Szenerie, die sich ihm hier darbot, interessierte ihn höchlichst. Auf der einen Seite zog sich die Küste meilenweit im Bogen dahin, der sandige Strand war weiß wie Schnee. Das Wasser war klar und grün wie Smaragd, von der Morgenbrise nur leicht gekräuselt. Rings umher ankerten zahllose Schiffe, vom stolzen Ostindienfahrer bis zur plumpen holländischen Kuff. Ein Walfänger aus der Südsee war an den niederen Booten zu erkennen, die in seinen Davits hingen. Auf einem der Schiffe wurden jetzt sechs Glasen (sieben Uhr) geschlagen, die anderen fielen ein in ungleichen Zwischenräumen, und so erhob sich ein vieltöniges melodisches Glockenschlagen, näher und ferner, das minutenlang anhielt. Malaien ruderten in einem Boot vorbei und schwatzten in einer Sprache, die Bernhard noch nie gehört hatte. Andere Boote fuhren hin und her, gerudert von Schwarzen, Portugiesen, Holländern und Seeleuten vieler anderer Nationen.

»Alles Ausländer, Mr. Bernhard«, sagte Pat, der Steward, der auf bloßen Füßen neben ihn getreten war. »Das arme Volk ist zu bedauern. Wie die sich wohl so als Ausländer fühlen mögen, da sie doch nie was anderes werden können. Ich möchte keiner sein, ich hielt's nicht aus.«

Bernhard musste lachen.

»Soviel ich sehe, sind sie alle ganz vergnügt«, sagte er, »und machen sich nicht den geringsten Kummer darüber, dass sie Ausländer sind.«

»O, die verstellen sich bloß«, behauptete Pat sehr ernsthaft, »innerlich geht's ihnen doch hart an die Nieren! Aber ich bitte um Verzeihung, Mr. Bernhard, Sie selber sind ja eigentlich doch auch ein Ausländer. Hätte ich doch den Mund gehalten. Aber mir kamen Sie von Anfang an wie ein echter Britischer vor, wahrhaftig!«

»Lassen Sie's gut sein, Pat; sie können nichts dafür, dass Sie in dieser Hinsicht ebenso verbohrt sind, wie alle Ihre Landsleute, die nie begreifen können, dass in Deutschland oder in China oder in Afrika sie selber für die daselbst Einheimischen die Ausländer sind.«

Pat schüttelte den Kopf.

»Nein«, entgegnete er, »wir Britischen sind nirgends Ausländer, und wir danken Gott dafür. Aber wollen Sie nicht zum Frühstück kommen? Nachher geht's an Land.«

Die Sträflinge wurden an diesem Morgen ganz besonders scharf beobachtet und bewacht. Als sie wieder unter Deck waren, ließ der Kapitän die Gig zu Wasser bringen und bemannen, um den Doktor und Bernhard an Land zu bringen; er selber wollte erst später seine Geschäfte in der

Stadt erledigen.

»Das ist also Afrika«, sagte unser Held, als er eine halbe Stunde später auf dem festen Boden einer der Werften stand und um sich blickte. »Sieht beinahe gerade so aus wie Norden oder Boston.«

»Und kein einziger Löwe in Sicht!«, lächelte der Doktor. »Merkwürdig, was?«

Aber bald musste er sich gestehen, dass in Norden, dem stillen ostfriesischen Städtchen, doch nicht so viele verschiedene Menschen auf den Straßen herumliefen wie hier, ganz abgesehen von der bunten Menge der Repräsentanten der zivilisierten Nationen.

Bei einer dicken schwarzen Obsthändlerin erquickte er sich an Früchten, die er nie zuvor gekannt hatte, dann stiegen sie auf des Doktors Vorschlag zu Pferde und ritten nach dortigem Seemannsgebrauch hinaus über die unter dem Namen »Flats« bekannte weite Sandebene, die mit hartem Gras und Kapheidekraut überwachsen ist. Nach zwei Stunden kehrten sie zurück, nahmen in einem holländischen Gasthaus ein vorzügliches Mahl ein und suchten dann, nachdem Bernhard noch einige notwendige Einkäufe gemacht hatte, wozu der Doktor ihm das Geld lieh, den Landungsplatz wieder auf. Hier sahen sie schon von weitem Keppen Johnston auf der Werft wütend hin und her stampfen. Die Gig war da, aber ohne Mannschaft; daneben lag das bemannte Großboot, in dem der Kapitän an Land gekommen war.

»Eine nette Geschichte!«, rief dieser ihnen entgegen. »Eine verfluchte Geschichte! Die Gigmannschaft ist davongelaufen! Ich muss das auf dem Hafenamt melden, habe aber noch nicht gewagt, dahin zu gehen, damit inzwischen die Kerle im Großboot nicht auch noch desertieren. Springen Sie ins Boot, Doktor, und geben Sie acht auf sie, ich bin sogleich wieder da.«

»Das soll geschehen«, sagte der Doktor, und nahm mit Bernhard im Großboot Platz, während der Kapitän davoneilte.

In den Sternschoten saß der Midshipman Hopkins, funkelnd in der Pracht aller seiner Knöpfe.

»Der Kapitän beunruhigt sich unnötig«, sagte er zu Bernhard, »die Leute kommen morgen früh von selber wieder an Bord. Ich kenne das. Ich habe so was schon oft genug erlebt.«

Da Bernhard wusste, dass der junge Mann erst zwei Jahre auf See war, so legte er wenig Gewicht auf dessen Worte.

»Ich fürchte, dass in letzter Zeit im Logis viel gemurrt und gescholten worden ist«, entgegnete er leise.

»O, das hat nichts zu sagen«, erwiderte Hopkins. »Ich bin noch niemals an Bord eines Schiffes gewesen, wo die Matrosen nicht gemurrt und geschimpft hätten. Das tun sie immer, das Schiff mag noch so gut sein.«

»Ich glaube nicht, dass der Dienst an Bord des *Jupiter* den Leuten besonders zusagt«, antwortete Bernhard, der an das dachte, was er von Westalls Kammer aus gehört hatte.

»Man kann aber nicht behaupten, dass der Dienst schwer sei«, entgegnete Hopkins. »Ich murre und beklage mich nicht, obgleich ich hinten und vorn sein und dabei noch auf Jennings und Russell aufpassen muss.«

Jennings und Russell waren die anderen beiden Midshipmen, die Mr. Hopkins bevatern zu müssen glaubte, weil sie einige Monate weniger Seefahrtszeit aufzuweisen hatten, als er.

Der Kapitän kam zurück und befahl, an Bord zu rudern.

»Der Hafenkapitän sagte mir, er wäre überzeugt, dass die Leute morgen wieder da sein würden«, bemerkte er.

»Wollen es hoffen.«

Er blieb während des größten Teils jener Nacht an Deck. Kurz nach Mitternacht fiel ihm ein ungewöhnliches Plätschern vor dem Bug des Schiffes auf, als ob sich dort Leute in einem Boot etwas zu schaffen machten. Er ging nach vorn und stieg auf die Back. Die Nacht war sehr finster. Die Matrosen, die die Ankerwacht zu halten hatten, saßen schlafend an die Schanzkleidung gelehnt.

Er lauschte und glaubte, das leise Rudern eines sich entfernenden Bootes zu vernehmen.

»Boot ahoi!«, rief er.

Unterdrückte Stimmen kamen aus der Dunkelheit über das Wasser.

»Boot ahoi!«, rief er noch einmal. »What boat is that?«

Erneutes Stimmengewirr, dann die Antwort:

»Großboot des *Komet*. Wir sind an Land gewesen und suchen in der verteufelten Finsternis unser Schiff. Hielten Euren verdammten Kasten dafür. Hol ihn der Henker!«

Das war in den näselnden Lauten gesprochen, die den Yankees eigen sind. Nach einigen Minuten kam es wieder aus dem unsichtbaren Boot:

»Heda, Skipper! Skipper ahoi! Sagt uns doch, wie viel Matrosen Ihr noch an Bord habt. Rechnet aber die ab, die nicht mehr da sind!«

Ein höhnisches Gelächter folgte diesen Worten.

»Nun weiß das Gesindel auch schon, dass mir heute die Gigmannschaft desertiert ist!«, brummte der Kapitän.

»Sie werden's an Land gehört haben«, sagte einer von der

Wache, die inzwischen auch auf die Back gekommen war.

Die Riemenschläge des Bootes entfernten sich jetzt schnell und Keppen Johnston ging achteraus, um seine Koje aufzusuchen.

Bernhard hatte, durch den ungewohnten Ritt ermüdet, ununterbrochen bis gegen Morgen geschlafen. Dann erwachte er plötzlich, durch ein Geräusch an Deck aufgestört.

Er warf sich in die Kleider und sprang die Treppe hinauf. Auf dem Achterdeck fand er den Kapitän, die beiden Steuerleute, die drei Midshipmen und einige Matrosen zu einer Gruppe versammelt. Der Doktor stand ein wenig abseits. An diesen wendete er sich mit der Frage, ob etwas vorgefallen sei, und erfuhr nun, dass während der Nacht elf Mann aus dem Logis desertiert seien, mit den am Tag davon gelaufenen sechs Gigsmaaten also zusammen siebzehn Mann. Keppen Johnston war der Überzeugung, dass die letzten elf sich in dem angeblichen Großboot *Komet* davongemacht haben mussten.

»Es war ein Komplott«, sagte er. »Die Gigsleute haben sie abgeholt; sie sind über das Bugspriet hinuntergeklettert. Und die Kerle der Wache haben geschlafen. Ich hörte an Land, dass die amerikanische Bark *Kolumbia* eine Mannschaft suche; das ist den Leuten aus der Gig natürlich auch bald zu Ohren gekommen, die sind zu den Yankees gelaufen und haben dann mit denen die anderen abgeholt. Das Boot ist das Großboot der *Kolumbia* gewesen.

»Ganz recht«, sagte Doktor Maitland, »und ich verspüre die größte Lust, jetzt auch noch zu desertieren.«

Denken Sie doch, eine solche Bande von Sträflingen im Zwischendeck und eine bewaffnete Mannschaft von nur vier

Köpfen! Was fangen wir nun an?«

»Wir müssen andere Leute anmustern«, entgegnete der Schiffer. »Das wird freilich seine Schwierigkeiten haben, da auch die Yankeebark keine Mannschaften gekriegt hat und sich unsere Matrosen stehlen musste.«

»Ich werde mir von dem Kommandanten der Garnison zu Kapstadt eine Abteilung Soldaten erbitten, die hier an Bord die Wache übernimmt, bis unsere Besatzung wieder vollzählig ist«, sagte der Doktor. »Dann haben wir von den Sträflingen nicht zu befürchten.«

Kurz vor Sonnenaufgang hörte man das Klick-Klack des Ankerspills eines Schiffes irgendwo im Hafen - ein Fahrzeug machte sich bereit, die Tafelbai zu verlassen. Und als es Tag geworden war, segelte eine große Klipperbark, an deren Gaffel die Flagge mit den Sternen und Streifen im frischen Morgenwind flatterte, unweit des *Jupiter* vorüber, der offenen See zu. Es war die *Kolumbia*. Bernhard, Hopkins und der Obersteuermann konnten vom Kampanjedeck aus die Gesichter der desertierten *Jupiter*-Leute deutlich erkennen.

Keppen Johnston hielt sich unter Deck, um nicht in die Versuchung zu kommen, dem Yankeeflipper in ohnmächtiger Wut Schmähungen und Verwünschungen zuzurufen.

Nach wochenlangem Harren und unzähligen Fehlschlägen und Widerwärtigkeiten war es dem Kapitän endlich gelungen, eine neue Mannschaft von vierzehn Köpfen anzumustern und an Bord zu bringen. Es waren ehemalige Sklavenfahrer, wildblickende, wüste Gesellen, die den übelsten Eindruck machten.

»Sie sehen nicht sehr ansprechend aus«, sagte der Schiffer

zum Doktor Maitland, »aber gerade solche mordverbrannten Kerle erweisen sich oft als die tüchtigsten Seeleute.«

Der Doktor lachte.

»Wenn Ihre Seemannschaft in diesen Sinn mit ihrem Aussehen Schritt hält«, sagte er, »dann können wir uns jetzt der besten Besatzung rühmen, die jemals an Bord eines Schiffes Erbsen und Salzfleisch gegessen und geflucht und gemurrt und alle Vorgesetzten in den tiefsten Grund verwünscht hat.«

Der Aufenthalt im Hafen von Kapstadt war zu Ende. Der Anker kam aus dem Grund, die Segel wurden gesetzt und das Wasser begann aufs neue Vorsteven und Bug zu umschäumen, die Seiten entlang zu wispern und zu gurgeln und achter dem Heck im Kielwasser zu wirbeln und zu rauschen.

Bald lag die Tafelbai hinter dem Schiff und Bernhard fühlte sich von der frischen Morgenbrise umweht, die über ungezählte Meilen des südlichen Ozeans daherkam. Das Schiff begann die gewaltige Dünung zu spüren, wegen der das Kap der Guten Hoffnung berüchtigt ist, und es währte nicht lange, da schmetterte Spritzer auf Spritzer über den Bug und prasselte längs des ganzen Decks. Der *Jupiter* hatte die Fahrt nach den Andamanen angetreten.

Die neuen angemusterten Leute erwiesen sich zwar als brauchbare Matrosen, zugleich aber auch als wüstes und verwildertes Volk. Trotzdem mussten sie mit zur Bewachung der Sträflinge herangezogen werden und sechs Mann von jeder Wache erhielten Gewehre und Säbel.

Graham, der Bootsmann, schüttelte den Kopf, als das geschehen war.

»Ich hätte das nicht getan, wenn ich Keppen Johnston

wäre«, sagte er zu dem Obersteuermann.

Der kratzte sich den Kopf. »Hm«, entgegnete er dann, »warum nicht? Was haben Sie für Bedenken? Lassen Sie hören; es bleibt unter uns, das verspreche ich Ihnen.«

»Was ich mir denke, kann jeder wissen«, sagte der Bootsmann. »Ich meine, wenn es mal dazu käme, dass einer der neuen Kerle auf einen Sträfling schießen sollte, dann würde er sein Gewehr eher gegen den Schiffer oder gegen Sie oder gegen den zweiten Steuermann abfeuern. Denn sehen Sie, Sklavenfänger und Sträflinge sind zu nahe Verwandte, sozusagen, die tun einander nichts. Ich habe schon verschiedentlich bemerkt, wie sie sich gegenseitig zuwinken und anäugen.«

»Das will nicht viel sagen«, erwiderte Mr. Rick. »Wenn die Sträflinge sich nach wie vor von sechs bewaffneten Seeleuten bewacht sehen, dann werden sie sich auch nach wie vor ruhig verhalten, denn sie können doch nicht wissen, was die Kerle mit den Gewehren für Gedanken haben.«

»Mag sein, mag aber auch nicht sein«, sagte der Bootsmann nach längerem Schweigen, und der Obersteuermann merkte an dem Ton, dass er seine Ansicht nicht geändert hatte.

Im Lauf der folgenden Tage entging es auch dem scharfen Auge Doktor Maitlands nicht, dass zwischen einem Teil der Matrosen und den Sträflingen ein gutes Einvernehmen herrschte, ja, es ereignete sich sogar, dass einer der letzteren berauscht gefunden wurde, weil ein Matrose ihm von seinem mit an Bord gebrachten Rum zu trinken gegeben hatte. Zur Strafe dieser Übertretung erhielt zuerst der Matrose und dann der Sträfling zwei Tage Kettenkasten.

Der Kurs vom Kap zu den Andamanen war Nordost, und so gelangte das Schiff, nachdem es einige Tage rauen und stürmischen Wetters zu überstehen gehabt hatte, das Bernhard seine letzten Nordseeerlebnisse wieder ins Gedächtnis rief, von einer mäßigen Brise nach Süden getrieben, bald wieder in wärmere Gegenden. Die Tage waren voll Sonne und die Nächte klar und mild.

Eines Abends saß Bernhard auf der Heckreling, um den Mond aufgehen zu sehen. Er hatte es vorgezogen, die Gesellschaft seines ärztlichen Freundes zu vermeiden, da dieser viel Ärger gehabt und daher bärbeißig war. Einige Matrosen hatten sich offen gegen sein Verbot, Umgang mit den Sträflingen zu halten, aufgelehnt.

Das Schiff strich mit mäßiger Fahrt durch die fast regungslose, von Wolken phosphorischen Lichtes durchwallte Flut. Die Schaumwelle am Vordersteven glich weißem Feuer, und weißes Feuer wirbelte, ringelte und schlängelte sich auch in dem langgestreckten Kielwasser. Der Mond, seit zwei Tagen voll, musste gegen neun Uhr aufgehen. Als zwei Glasen diese Stunde verkündeten, stand Bernhard von der niedrigen Reling auf, ging über das Deck zur Kreuz-Reuel-Pardun, stützte sich mit der Rechten gegen sie und schaute gespannt nach der Stelle der Kimmung, über der sich, wie er wusste, die Oberkante der Mondscheibe zeigen musste. Er hatte nicht lange zu warten. Das Firmament über jener Stelle hellte sich auf, ein lichter Streifen zeigte sich längs der Horizontlinie, die Helligkeit griff um sich, breitete sich gegen den Zenit aus, dann tauchte der Mond auf, langsam, goldig leuchtend, er stieg höher und höher, bis die ganze Hälfte seiner Scheibe oberhalb der funkelnden Flut sichtbar war. Plötzlich machte

Bernhard eine Bewegung des Erstaunens, und ehe noch drei Viertel des Mondes über der Kimmung standen, war er zur Vorderkante des Achterdecks geeilt, wo der Kapitän und der Doktor eine Beratung abhielten.

»Da ist ein Fahrzeug in Sicht!«, rief er. »Gerade vor der Mondscheibe!«

Der Schiffer holte das Teleskop aus dem Klampen innerhalb der Kajütskappe und richtete es auf den Mond. Er gewahrte einen dunklen Gegenstand, der sich scharf von dem hellen Hintergrund abhob und die Umrisse eines mastlosen Schiffes hatte.

Inzwischen war der Mond über die Kimmungslinie emporgeschwebt und war eine glitzernde Lichtgasse über die See bis heran an das Schiff, über dessen Reling Kapitän Johnston, Bernhard und der Doktor nach dem fernen Fahrzeug auslugten.

»Es ist ein Wrack«, sagte der Schiffer. »Wahrscheinlich ist es durch einen Zyklon so zugerichtet worden. Wir müssen drauf abhalten, um zu sehen, ob noch Leute an Bord sind.«

Er rief dem Rudersmann ein Kommando zu und beorderte die Mannschaft der Wache an die Brassen. Als die Rahen getrimmt waren, segelte das Schiff gerade auf den Mond zu. Es lief etwa vier Knoten Fahrt und so währte es länger als eine halbe Stunde, bis es in die Nähe des Wracks kam. Der Obersteuermann hatte inzwischen ein Boot klarmachen lassen. Bernhard lief nach vorn auf die Back, Keppen Johnston folgte ihm mit dem Teleskop. Das Wrack war noch einige Seemeilen entfernt. Es war ohne Zweifel mit Wasser gefüllt und lag so tief, dass bei etwas höherem Seegang das Wasser über das Deck gespült wäre.

Man konnte durch das Glas eine Gruppe von Leuten auf

dem Achterdeck wahrnehmen, ebenso eine Art Notmast, an dem ein Signal flatterte.

»Anluven einen Strich!«, rief der Kapitän, achteraus gewendet.

Das mondbeschienene Wrack kam jetzt auf Backbord zu liegen. Auf eine Kabellänge nahegekommen, wurde das Schiff beigedreht und das Boot zu Wasser gebracht, das sofort in vollster Fahrt dem Wrack zuruderte. Der Schiffer und Bernhard folgten ihm mit den Blicken; das Mondlicht blitzte auf den nassen Riemenblättern und das Wasser schäumte weiß unter seinem Bug. Es legte am Achterteil des Wracks an, die Schiffbrüchigen drängten sich an die Heckreling und Bernhard zählte acht Mann, die sich ins Boot hinabließen, das sich dann wieder auf den Rückweg machte.

»Es ist gut, dass wir genügend Proviant an Bord haben«, bemerkte der Doktor, als die beiden von der Back wieder auf dem Achterdeck anlangten. »Es sind nun acht Mäuler mehr zu füttern.«

»Ganz recht«, entgegnete der Schiffer. »Sie dürfen aber nicht vergessen, dass wir jetzt um fünf Mann schwächer sind, als beim Antritt der Reise.«

Die Fallreepsleiter wurde über die Seite gehängt für den Fall, dass einige der Schiffbrüchigen vielleicht nicht mehr imstande wären, ohne diese Hilfe an Deck zu klettern. Diese Vorsicht erwies sich jedoch als unnötig, die Geretteten kamen an Bord wie die Katzen. Bernhard war zur Kammer seines Freundes Westall gehuscht und stand nun dort in der Tür, die Fremden zu beobachten. Der Sträfling, der sich niemals an Deck zeigte, saß hinter ihm in einem Bambuslehnsessel. Der Mond schien so hell, dass die

Gesichter der an Deck kommenden Wrackleute ganz deutlich zu erkennen waren. Als der sechste Mann derselben sich eben über die Reling geschwungen hatte, ließ Westall einen halb unterdrückten Ruf des Erstaunens hören. Bernhard wendete sich um und sah, dass er aufgestanden war und vorgebeugt aus der Tür lugte, sich mit der Linken am Kojenrand festhaltend.

»Was ist?«, fragte der junge Mann. »Sie machen ein Gesicht, als hätten Sie einen Geist gesehen.«

»Das habe ich auch!«, stieß Westall flüsternd hervor. »Denn wie sollte der lebendig hierherkommen?«

Bernhard folgte dem Blick des aufs höchste erregten Mannes.

»Meinen Sie den strammen Kerl da, den in der kurzen Jacke, dem der Kapitän jetzt die Hand auf die Schulter legt und der sein Gesicht hierher dreht?«

Westall war in die Dunkelheit der Kammer zurückgefahren und wieder in seinen Sessel gesunken.

»Ja, der! Mein Gott, wie ist das möglich! Ich kann's nicht glauben! Träume ich denn?« Er hatte diese Worte nur hingehaucht.

»Nein, lieber Freund, Sie träumen nicht«, entgegnete Bernhard. »Meinen Sie, in dem Menschen einen ehemaligen Bekannten zu erkennen? Er sieht auch wirklich eher wie ein Soldat, als wie ein Seemann aus.«

»Jetzt habe ich auch seine Stimme erkannt, als er dem Kapitän antwortete«, flüsterte Westall. »Es ist Kade, mein ehemaliger Bursche, der mich ins Unglück gestürzt hat! Sie wissen, wodurch.«

Bernhard stand eine Weile sprachlos. »Das ist wirklich kaum glaublich!«, sagte er endlich. »Hier, mitten im

Indischen Ozean, muss der Schurke Ihnen wieder in den Weg kommen - und noch dazu auf einem sinkenden Wrack! Ich muss herauszufinden suchen, wie das zugegangen ist. Jedenfalls hat die göttliche Vorsehung dabei ihre Hand im Spiel, verlassen Sie sich darauf!«

Damit eilte er wieder auf das Achterdeck, wo der Kapitän und der Doktor sich von einem der Geretteten, dem Bootsmann der *Bonnie Lassie*, so hieß die ihrem Geschick anheimgefallene Bark, die Geschichte des Schiffbruchs erzählen ließen. Nachdem er alles mit angehört hatte, kehrte er zu Westall zurück, um diesem Bericht zu erstatten. Die Bark war vor vier Monaten von Glasgow nach Australien in See gegangen. Sechs Tage, bevor der *Jupiter* sie sichtete, hatte ein Wirbelsturm sie überfallen, der ihr die Masten abknickte und sie leck machte. Kapitän und Obersteuermann wurden von den stürzenden Rundhölzern erschlagen, der zweite Steuermann und so viele Matrosen, wie das einzige übriggebliebene Boot fassen konnte, hatten sich auf die Fahrt nach Kapstadt gemacht, acht Mann waren an Bord geblieben. Diese hatten drei Tage und drei Nächte hindurch gepumpt, dann aber die Arbeit als vergeblich aufgegeben. Am vergangenen Abend waren ihnen die Toppen des *Jupiter* in Sicht gekommen, der aber wäre, ohne ihre Nähe zu ahnen, vorübergesegelt, wenn Bernhard nicht das Wrack auf dem Hintergrund der Mondscheibe wahrgenommen hätte.

»Das gibt mir keine Erklärung über die Anwesenheit Kades auf dem Wrack«, sagte Westall tonlos.

»Nein«, entgegnete Bernhard, »aber ich erkenne in diesem wunderbaren Zusammentreffen, dass die Vorsehung den Mann gesendet hat, damit Licht in das dunkle

Geheimnis komme, unter dem Sie so furchtbar zu leiden haben. Wir müssen abwarten und auf Gott vertrauen!«

Der arme Sträfling neigte den Kopf und faltete die Hände.

»Sie haben recht«, sagte er dumpf. »Was bleibt mir übrig, als meine Hoffnung auf den dort oben zu setzen, der noch alles zum Besten wenden kann?«

Als Bernhard bald darauf in seiner Koje lag, musste er mehr als je über des unglücklichen Mannes Geschick nachdenken. War ihm diese Reise beschieden worden, so fragte er sich, damit er das Wirken der Macht, die alles lenkt, erkennen lerne?«

Neuntes Kapitel.

Bernhard erfährt, was ein Langschwein ist. - Der Goldapostel. Drohende Anzeichen. - »Wer untersteht sich da, zu rauchen!« »In Gold bis an den Bauch!«

Beim Frühstück am nächsten Morgen erwartete ihn abermals eine Überraschung – der Doktor Maitland hatte unter den Schiffbrüchigen ebenfalls einen alten Bekannten gefunden, einen Mann namens Clark, der in Australien, viele hundert Meilen von den bereits entdeckten und bearbeiteten Goldfeldern entfernt, ein neues, unermesslich reiches Goldlager gefunden haben wollte und zwar in einem Erdreich, das, nach der einstimmigen Aussage aller Gelehrten, ganz unmöglich dieses Metall enthalten konnte. Er hatte ein Stück goldhaltigen Quarz mitgebracht; allein trotz dieses Beweises glaubte ihm niemand.

Zwei Gefährten, die mit ihm die Gegend durchforscht hatten, waren von den Eingeborenen erschlagen und aufgefressen worden; ihm allein war es gelungen, unter unsäglichen Nöten die Küste wieder zu erreichen.

»Wann haben Sie den Mann zuletzt gesehen?«, fragte der Kapitän.

»Vor etwa sechs Jahren«, antwortete der Doktor; »damals hatte er mir auch sein Stück Quarz gezeigt.«

»Jetzt wird er wohl von seiner Narrheit geheilt sein«, meinte der Schiffer. »Wenn da wirklich so viel Gold vorhanden gewesen wäre, dann wüsste heute alle Welt darum.«

»Sehr wahrscheinlich«, sagte der Doktor. »Er ist jedoch noch immer in seine Idee verrannt. Ich sprach vorhin mit ihm. Seit ich ihn damals kennengelernt, hat er unablässig versucht, Leute zu gewinnen und sich Geld zu leihen zu einer Expedition nach jenem Goldland, aber überall hat man ihn ausgelacht. Sie sollten nur sehen, wie seine Augen leuchten, wenn er auf das Gold zu sprechen kommt, das man dort nur aufzuschaufeln braucht, vorausgesetzt, dass die Bumerangs der Eingeborenen einem nicht das Lebenslicht ausblasen.«

»Ich kenne das«, erwiderte der Schiffer. »Es ist der Wahnsinn des Goldfiebers, der solchen armen Kerlen aus den Augen leuchtet. Es wäre vielleicht besser für ihn gewesen, wenn die Wilden auch ihn damals aufgefressen hätten. Wissen Sie, was die Kannibalen nicht nur Australiens, sondern auch der Südseeinseln, in Langschwein nennen, Mr. Bernhard?«

»Ich weiß es nicht, aber nun kann ich es mir denken«, sagte der junge Mann nach kurzem Besinnen. »Eigentlich schauderhaft, nicht, Doktor?«

»Gewiss, my boy, aber ländlich, sittlich.«

Nach dem Frühstück begab Bernhard sich an Deck, um sich nach Kade umzusehen. Er fand ihn in der Kombüse, wo er dem Koch zur Hand ging. Nach längerer Beobachtung konnte er nicht begreifen, wie Westall jemals diesem Menschen, dem Schurkerei und Unehrlichkeit deutlich auf dem Gesicht zu sehen war, hatte Vertrauen können. Ab und zu warf der Bursche einen scheuen Blick hinter sich, als fürchte er, dass man ihn jeden Moment packe und festnehmen könnte. Er musste ein sehr böses Gewissen haben. Bernhard schlenderte weiter nach vorn, neugierig, ob er den Bekannten des Doktors, den fanatischen Goldsucher, unter den acht Leuten von der *Bonnie Lassie* herausfinden könnte. Vor dem Fockmast bemerkte er eine auffällige

Gruppe. Drei von den in Kapstadt angemusterten Leuten umstanden einen langen hageren Mann, dem eine dichte Mähne eisengrauen Haares um ein mageres, kupferfarbenes, wettergegerbtes Gesicht hing, das dunkler war, als das eines Indianers. Er redete, als hielte er seinen Zuhörern eine Predigt, und gab seinen Worten Nachdruck, indem er unaufhörlich mit der rechten Faust in seine linke Hand schlug. Die Matrosen lauschten ihm mit solcher Aufmerksamkeit, dass sie darüber sogar ihre Pfeifen hatten ausgehen lassen.

»Das ist Clark«, sagte der Doktor, der unbemerkt an Bernhard herangetreten war. »Er sucht den Matrosen klar zu machen, was für Schätze noch in Australien zu holen sind. Da, sehen Sie? Ich habe recht.«

Der Mann hatte aufgehört zu reden und zog nun aus dem Brustteil seines Wollhemdes ein verknotetes Taschentuch hervor. Er warf einen vorsichtigen Blick in die Runde und löste dann den Knoten mit den Zähnen. Die Matrosen drängten sich dicht an ihn heran, genauer zu sehen, was er dem Taschentuch entnommen hatte.

»Er zeigt ihnen jedenfalls das Stück Quarz, das er all die Jahre mit sich herumgeschleppt hat«, sagte der Doktor. »Beobachten Sie doch die Gesichter der Leute, ihre gierigen Augen! Er wird die Kerle ebenso verrückt machen, wie er selber ist. Vielleicht ist ihm das jetzt schon gelungen! Ich gäbe was darum, wenn Sie sich an jenem Abend nicht so sehr für den aufgehenden Mond interessiert hätten.«

Eine halbe Stunde darauf sah Bernhard den Goldapostel sehr angelegentlich mit einigen seiner ehemaligen Schiffsgenossen reden. Denen brauchte er das Quarzstück nicht zu zeigen, da es ihnen sicherlich längst bekannt war.

Erzählte er ihnen seinen Erfolg bei den drei Matrosen des *Jupiter*?

Einige Tage vergingen, ohne dass sich etwas besonders auf dem *Jupiter* ereignete, der langsam seinen Kurs verfolgte.

Eines Nachmittags befanden sich die beiden Machthaber, Kapitän Johnston und Doktor Maitland, miteinander in der Kajüte.

»Wir hätten die Bande mit ihrem lecken Kasten ersaufen lassen sollen!«, sagte der Schiffer ingrimmig. »Das ist unchristlich gedacht, aber ich kann mir nicht helfen. Ich hatte gemeint, dass die Leute, deren Leben wir gerettet haben, einen günstigen Einfluss auf die wüste Gesellschaft, die wir in Kapstadt an Bord kriegten, ausüben würden, und nun sind sie ein Herz und eine Seele mit diesen Sklavenfängern. O, hätte ich das ahnen können!«

»Ja, es war ein Fehler, man mag darüber denken wie man will«, stimmte der Doktor bei. »Wenn ich die Sträflinge nicht fast ständig unter Deck hielte, dann würden die Kerle mit ihnen Freundschaft schließen; Tabak stecken sie ihnen ohnehin schon eine Menge zu. Das darf nicht so weitergehen.«

»Alle Ordnung ist gelockert, kein einziger tut mehr seine Pflicht an Deck«, fuhr der Schiffer fort. »Als der zweite Steuermann neulich einen Befehl erteilt hatte, lachten einige ganz offen hinter ihm her. Weiß der Himmel, was werden soll, wenn wir schlecht Wetter kriegen! Die Halunken ließen eher die Masten über Bord gehen, als dass sie nach oben liefen, wenn es nicht ihre Wacht an Deck ist.«

Die Lage der Dinge war in der Tat sehr ernst. Das hatte auch Bernhard durchschaut, der einige Worte von dem Gespräch der beiden Herren hörte, als er auf dem Weg zu

Westalls Kammer die Kajüte passierte. Er teilte dem Freund seine Gedanken hierüber und auch über das Treiben des Goldsuchers Clark mit.

Westall hörte aufmerksam zu.

»Ja«, sagte er dann, »ich weiß, da ist etwas im Werke; ich habe von meinem Schlupfwinkel aus die Augen immer an Deck und was ich da beobachte, sagt mir, dass ein Komplott im Gange ist. Aber was das bezwecken soll, das ist mir noch nicht klar geworden. Jedenfalls nichts Gutes. Ich denke mir, das wird sich zeigen, wenn der Kapitän mal ernstlich dazwischenfährt.«

Über denselben Gegenstand hatte am Abend auch Graham, der Bootsmann, mit Mr. Rick, dem Obersteuermann, in des letzteren Kammer eine Unterredung.

»Mit den Leuten vorn im Logis ist nicht mehr auszukommen«, sagte Graham. »Die reden bloß noch davon, wie viel Gold sie aus der Erde buddeln oder aus Steinen auskochen werden, wenn sie erst im australischen Busch sind. Sie benehmen sich, als ob sie sämtlich durchgedreht wären, und daran ist bloß der verrückte alte Kerl, der Clark, schuld.«

»Der Clark? Was tut der?«

»Der zeigt ihnen einen Stein, der voll von gelben Punkten ist, und sagt, der Stein wäre Quarz und die gelben Punkte wären gediegenes Gold. Und er wüsste in Australien eine Stelle, wo so viel Gold unter freiem Himmel läge, wie jeder nur haben und fortschleppen wollte. Ich kümmere mich nicht darum und weiß von all solchem Kram nichts, aber das weiß ich, dass wir das Schiff nicht mehr lange in der Gewalt behalten können, wenn das so weitergeht.«

»Haben Sie das schon dem Kapitän gesagt?«, fragte Rick.

»Nein, ich wollte erst zu Ihnen kommen; ich meine, es ist mehr in der Ordnung, wenn Sie als erster Offizier ihm diese Meldung machen.«

»Da haben Sie recht. Ich fürchte, wir können keinem einzigen der Leute mehr trauen.«

»Das will ich beschwören!«, bekräftigte der Bootsmann. »Die würden sich gar nicht mehr besinnen, jedem, der nicht mit ihnen ist, das Messer in den Leib zu rennen, das ist ganz gewiss! Ich sage Ihnen, ich kann kein ordentliches Stück Arbeit mehr aus den Kerls herauskriegen! Die denken bloß noch an die Goldhaufen in Australien und wie sie am schnellsten dorthin kommen können.«

Mr. Rick sann einen Augenblick.

»Es muss was geschehen, Bootsmann«, sagte er dann. »Wenn's nur nicht bereits zu spät ist! Gehen Sie jetzt, lassen Sie aber niemand sehen, dass Sie aus meiner Kammer kommen. Ich werde sogleich mit dem Skipper reden. Noch eins – die Matrosen scheinen mit den Sträflingen auf sehr vertrautem Fuß zu stehen – glauben Sie, dass Sie denen von dem Gold, das sie zu erlangen hoffen, erzählt haben?«

»Das ist möglich, ja, wahrscheinlich; sie sind mit ihnen so vertraut, dass sie ihnen die Prüntjes aus ihrem Munde geben; warum sollen sie ihnen da nicht auch von dem gewaltigen Goldreichtum vorgefaselt haben, nach dem sie sich in Australien nur zu bücken brauchen.«

»Das denke ich auch«, sagte Mr. Rick, ließ seinen Gast leise aus der Tür und suchte dann den Kapitän auf, um diesem zu berichten, was er von dem Bootsmann vernommen hatte.

Am folgenden Morgen flaute die während der Nacht kaum noch merkbar gewesene Brise gänzlich ab und es trat die völlige Windstille ein. Der Tag wurde der heißeste, den der *Jupiter* auf dieser Reise bisher erfahren hatte. Bernhard hielt sich so viel wie möglich im Schatten der Segel und änderte seinen Lagerplatz nur mit der vorrückenden Sonne, und dennoch fühlte er sich sehr unbehaglich.

Obersteuermann Rick hatte die Wacht an Deck. Mittschiffs war ein Gang Sträflinge mit Zimmerarbeit und Segelnähen beschäftigt. Achter dem Fockmast standen schwatzend und lachend vier mit Gewehren versehene Matrosen. Einer derselben legte nach einer Weile seine Waffe an Deck nieder, zog seine Pfeife hervor und setzte sie in Brand.

»Wer untersteht sich da, zu rauchen!«, rief der Obersteuermann. »Sind Sie im Dienst oder sind Sie nicht im Dienst!«

»Im Dienst, soviel ich weiß«, antwortete der Mann, »wenn das Gewehrschleppen überhaupt Dienst genannt werden kann.«

Er gehörte zu den in Kapstadt an Bord gekommenen Seeleuten.

»Dann auf der Stelle fort mit der Pfeife!«, befahl Mr. Rick.

»Warum?«, entgegnete der Mann trotzig. »Was schadet's dem verdammten Soldatspielen, wenn ich dabei rauche?«

»Ich sage: Fort mit der Pfeife!«, wiederholte Mr. Rick. »Wenn Sie nicht augenblicklich gehorchen, schmeiße ich das Ding über Bord und melde Sie dem Kapitän wegen Insubordination! Sie wissen, was dann folgt!« Damit ging er langsam achteraus.

»Steck den Brösel weg, Jim, fang doch nicht vor der Zeit schon an!«, raunte einer der anderen dem auffälligen Menschen zu.

Der zögerte einen Moment, dann klopfte er die Pfeife am Mast aus und schob sie in die Tasche, wobei er dem Abgehenden wütend nachblickte.

»Dem werde ich's besorgen!«, knirschte er, »und das soll gar nicht mehr lange dauern!«

»Der ganzen Bande da achtern soll's besorgt werden«, sagte der andere, »aber jetzt müssen wir noch vorsichtig sein. Dienst ist Dienst, Jim, und während der Wacht an Deck darf überall nicht geraucht werden, auf keinem Schiff der Welt, das weißt du so gut wie ich.«

»Spare deine Weisheit«, entgegnete Jim unwirsch, schob ein Stück Tabak in den Mund, nahm sein Gewehr wieder auf und schlenderte nach vorn.

Gegen Abend desselben Tages bemerkte Kapitän Johnston vom Achterdeck aus, wie der Goldapostel Clark vorn bei der Back mit großem Eifer auf zwei Matrosen einredete. Eiligen Schrittes kam er herzu.

»Was haben Sie meinen Leuten fortwährend vorzupredigen?«, fuhr er auf ihn ein. »Das geht schon die ganze Woche hindurch, jetzt aber hab ich's satt und verbiete es Ihnen hiermit ein für allemal! Wenn Sie was zu sagen haben, dann tun Sie's laut und öffentlich, damit wir's alle hören; Heimlichkeiten will ich an Bord meines Schiffes nicht haben. Merken Sie sich das!«

Clark entfernte sich, ohne ein Wort zu erwidern. Er sah keineswegs verlegen oder beleidigt aus; wahrscheinlich hatte er während der sechs Jahre seiner Agitation für das australische Eldorado unzählige ähnliche Zurückweisungen erfahren und war dagegen längst abgehärtet. Die Matrosen aber schoben die Hände in die Hosentaschen und blieben trotzig und mit gespreizten Beinen auf ihrem Platz stehen. Der Schiffer achtete ihrer nicht und begab sich wieder nach hinten.

Bald darauf entstand mittschiffs ein Getümmel. Es stellte sich heraus, dass einer der Sträflinge betrunken war; er schwankte taumelnd und brüllend umher, fuchtelte mit einem eisernen Koffeenagel in der Luft herum und drohte jedem den Schädel einzuschlagen, der ihm nahe käme. Die Matrosen hatten nicht Lust, sich dieser Gefahr auszusetzen, sie umstanden ihn in vorsichtiger Entfernung und lachten über seine Gebärden.

Der junge Hopkins holte den Doktor herbei, der mit einem Blick sah, um was es sich handelte.

»Werft ihn nieder und fesselt ihn!«, rief er den bewaffneten Matrosen zu. »Aber nicht schießen!«

Als der Betrunkene sah, dass die Leute sich ihm zögernd näherten, schwang er seinen Koffeenagel noch wilder und drohender als zuvor, worauf die Wache wieder stehen blieb.

»Die – die tun mir nichts«, rief der Sträfling lallend, »es sind – sind ja meine Brüder – meine Brüder! Bald stehen wir – stehen wir alle – wir alle – im Gold bis an den Bauch – bis an den Bauch – im Gold – hurra! Dann werden wir feine Leute – feine Leute – haben goldene Knöpfe – ja – goldene Stiefel, goldene Hüte – alles von Gold – und wer mir zu nahe kommt, dem – dem knack ich – knack ich – die Kokosnuss auf!«

Der Doktor hatte inzwischen dem jungen Hopkins leise eine Anweisung gegeben und dieser war mit den beiden anderen Midshipmen in die steuerbordsche Großwant hinaufgesprungen, unter welcher der Betrunkene hin und her torkelte. Plötzlich wurde er von einer geschickt herabgeworfenen Schlinge erfasst und umgerissen. Der Koffeenagel flog weit über das Deck und im nächsten Moment hatte der zweite Steuermann ihm die Handschellen angelegt.

»Bringt ihn nach vorn!«, befahl der Doktor.

Die Matrosen hatten nun keinen Vorwand mehr, sich zurückzuhalten; sie gaben sich den Anschein, als hielten sie die Sache für einen guten Spaß und gingen lachend und Witze reißend mit dem Gefesselten ab. Die an Deck arbeitenden Sträflinge hielten es für geraten, in das Gelächter einzustimmen.

Am Abend verkündete der Kapitän, dass bis auf weiteres kein Rum mehr an die Mannschaft verabfolgt werden würde, weil diese einen großen Teil ihrer Rationen trotz strengsten Verbotes den Sträflingen zukommen ließen. Da lachte niemand.

Zehntes Kapitel.

*»Feuer!« - Ein brennender Mann. - Bernhard zur Hilfe.
Die Pulverkammer.*

In der Nacht schreckte Bernhard plötzlich aus dem Schlaf auf. Ihm war, als hätte er unmittelbar unter seiner Koje lautes Schreien und Toben und den Ruf »Feuer!« vernommen.

Er setzte sich aufrecht und lauschte gespannt und pochenden Herzens. Er hatte sich nicht getäuscht, auch nicht geträumt. Die Sträflinge im Zwischendeck lärmten, pochten, stampften und schrien unablässig: »Feuer! Feuer!«

Er schlüpfte in die Kleider und eilte an Deck. Hier sah er die Matrosen aus der Logiskappe herausgestürzt kommen.

»Feuer im Zwischendeck!«, riefen sie. »Wo ist der Doktor?«

Der kam bereits herbei, das Schlüsselbund in der Hand und die Pistolen im Gurt.

»Ruhig, Leute«, sagte er. »Nur immer ruhig. Holt den Schiffer, auch den Obersteuermann und die Midshipmen.

Bernhard schoss wie ein Pfeil achteraus.

»Die Kerls müssen Luft haben«, fuhr der Doktor gelassen fort. »Aber Luft facht das Feuer noch mehr an. Ich sehe da Rauch aus der Logiskappe steigen. Vorwärts, Bootsmann! Die Pumpe klar! Eimer und den Schlauch her! Ab mit den Lukendeckeln!«

Während der Doktor diese Befehle gab, hatte er in aller Ruhe die Vorlegeschlösser der Luken abgenommen; als die Deckel gehoben wurden, quoll dichter schwarzer Rauch in schweren Massen aus der weiten Öffnung, stieg senkrecht empor in die stille Luft, umhüllte die schlaffen Segel und die

Stengen und verbarg die Sterne.

Zugleich mit dem Qualm drang das Geschrei vieler Stimmen herauf – halb ersticktes Gebrüll aus heiseren Kehlen – Geheul wie von wilden Tieren – Angstgekreisch – Flüche – Drohungen – Hilferufe – alles in wirrem Durcheinander.

Schnell wurde die Treppe hinuntergelassen und der Doktor stieg einige Stufen hinab, eine Laterne in der Hand.

»Ruhe!«, rief er mit schallender Stimme in den schreckensvollen Raum hinein. »Wollt ihr gerettet sein, so verfügt euch an Deck wie zur Parade! Gang eins antreten! Ordnung! Zurück da! Wer sich vordrängt, weiß, was er zu gewärtigen hat!«

In dem plötzlichen Schweigen hörte man das Knacken der Pistolenhähne.

Er entfernte die Hängeschlösser, zog die Ketten zurück und sperrte die Tür auf.

»Gang Eins geht an Deck!«

Die fünfzehn Mann bewegten sich in musterhafter Ordnung die Treppe hinan, die anderen folgten ohne jegliche Verwirrung; acht bewaffnete Matrosen empfingen sie und geleiteten sie unter Führung des Obersteuermannes achteraus. Der Doktor war der letzte. Kaum war er in freier Luft, da flammte ein roter Feuerschein in der dunklen Tiefe auf und man vernahm das Knistern lohender Flammen. Da kam ein Mann über das Deck gesprungen, das kupferne Mundstück des Spritzenschlauches in der Hand. Er rannte die Treppe hinunter, verschwand in dem erstickenden Qualm und gleich darauf verriet ein lautes Gezisch, das die feindlichen Elemente den Kampf gegeneinander begonnen hatten. Bald quollen neben dem schwarzen Qualm auch

Wolken weißen Wasserdampfes aus der Luke.

Niemand wusste, wer der Kühne war, der sich in den gähnenden Höllenrachen gestürzt hatte.

»Pützen (Eimer) her!«, rief der Kapitän. »Wasser ins Logis!«

Der sich aus der Logiskappe wälzende Qualm war dicker geworden. Der zweite Steuermann ließ von zehn Mann eine Kette bilden und die gefüllten Eimer flogen von Hand zu Hand. Bernhard, der Steward, der Kajütsjunge und der Koch bedienten die Pumpen. Der Doktor und die acht Bewaffneten überwachten die Sträflinge, die sich hatten niedersetzen müssen.

Es stellte sich bald heraus, dass das in das Logis hinabgesandte Wasser wirkungslos war. Der zweite Steuermann band sich ein Tuch vor Mund und Nase und stieg hinunter. Nach wenigen Augenblicken kam er wieder an Deck, taumelnd, halb erstickt.

»So schaffen wir's nicht«, sagte er, nach Atem schnappend. »Wenn wir's nicht besser können, geht das Schiff zu Grunde.«

Die Worte waren kaum aus seinem Mund, da brach zugleich mit dem Qualm eine Garbe sprühender Funken aus der Vorluk.

»Der brave Mann da unten, wer's auch sein mag, ist verloren«, sagte der Kapitän. »Kein Mensch könnte es in der Atmosphäre auch nur eine Minute aushalten, und er ist schon zehn da unten!«

Auf einmal stießen alle Mann einen Schreckensruf aus, denn aus dem Krater, der die Funken ausgespien, kam eine Gestalt hervor, nicht in Gewänder, sondern in Flammen gekleidet - von oben bis unten eine Feuersäule. Sie schnellte sich durch den Qualm über das Deck und schoss über die Reling hinab ins Wasser, wo die Flammen zischend erloschen.

Im nächsten Moment war auch Bernhard über Bord, das Ende der Großbrasse in der Hand.

»Nicht nötig – danke – kann mir selber helfen«, kam eine Stimme aus der dunklen Flut.

Es war Westalls Stimme.

»Hier ist eine Leine«, rief Bernhard, »legen Sie sich die um, ich mache sie fest!«

»Nicht nötig, lieber Freund. Machen Sie, dass Sie wieder an Bord kommen, ich folge Ihnen. Ich habe keinen Schaden gelitten. Ich wollte nur, der Brand im Schiff ließe sich ebenso schnell löschen.«

Bernhard kletterte an seiner Brasse wieder empor und Westall folgte ihm Hand über Hand.

Hier fiel der Schein einer Laterne auf ihn. Bernhard erschrak. Das war Westalls Gestalt, aber Westall selber war's nicht. Der hatte einen starken Vollbart und üppiges Haar gehabt, das während der Reise lang und lockig gewachsen war. Der Mann, der hier vor ihm stand, hatte keine Spur von Haar. Sein Gesicht, sein Kinn, sein Schädel – alles war so kahl wie ein Apfel. Er sah unheimlich aus in dem düsteren Licht mit dem fast bis zur Unkenntlichkeit geschwärzten besudelten Antlitz.

Er hielt sich nicht auf, sondern eilte zur Vorluk zurück. Hier kam gerade der Obersteuermann die Treppe herauf, schwarz und halb geblendet von dem beizenden Qualm.

»Wo ist der Schiffer?«, fragte er heiser.

Kapitän Johnston stand sogleich neben ihm.

»Mehr Wasser – mehr Leute bei der Arbeit«, stieß Mr.

Rick hervor. »Da achtern sitzen noch beinahe siebzig Mann; wenn die nicht helfen, dann bleibt nichts vom Schiff und keiner von uns allen übrig!«

Der Schiffer lief achteraus. Der Doktor hatte schwere Bedenken.

»Es ist eine furchtbare Verantwortung«, sagte er, »aber es bleibt keine Wahl. Das Schiff muss gerettet werden, was darauf folgen kann, dürfen wir jetzt nicht denken!«

Den Sträflingen, die mit Fesselung bestraft worden waren, wurden die Eisen abgenommen und die ganze Schar musste an den Löscharbeiten teilnehmen. Die Wirkung machte sich sehr bald bemerkbar. In ununterbrochenem Strom ergoss sich das Wasser die Vorluk und die Logiskappe hinunter, und wo zuvor schwarzer Qualm und Funkenmassen heraufgequollen waren, da stiegen jetzt Wolken weißen Dampfes empor.

Der Kapitän überwachte die Arbeit der Sträflinge. Plötzlich stand Westall neben ihm und fragte ihn flüsternd: »Wo liegt die Pulverkammer?«

»Unmittelbar am Kajütenschott. Ist's noch Zeit, sie zu retten?«

»Ich hoffe es, an Wasser fehlt's uns jetzt nicht mehr, Gott sei Dank! Geben Sie mir sechs Mann, und ich will mein Bestes tun!«

Die Großluk wurde aufgedeckt und Westall sprang hinab, gefolgt von dem Bootsmann und fünf Matrosen; einer der letzteren trug eine Laterne. Es galt, zu verhindern, dass das Feuer achteraus gelangte. Auf des Bootsmanns Ruf ergossen sich die Wasserfluten jetzt auch mittschiffs in den rauchgefüllten unteren Raum auf die dort verstauten Ballen der Ladung, die nun ausgebrochen und nach hinten geschafft wurden, um ein Bollwerk vor dem Schott der Pulverkammer zu bilden. Die Ballen enthielten Zeugstoffe, sie saugten einen Teil des Wassers auf und wurden dadurch so schwer, dass es der größten Anstrengung bedurfte, sie zu bewegen. Es war eine Riesenarbeit, aber sie wurde geschafft. Einer der Matrosen nach dem anderen taumelte erschöpft und halb erstickt wieder in das die Ladung überströmende Wasser und musste hinauf ins Freie geschafft werden; auch dem Bootsmann, der wie ein Herkules gearbeitet hatte, versagten endlich die Kräfte; Westall aber, der sich einen Spritzenschlauch hatte heruntergeben lassen, wendete sich damit wieder nach vorn, wo die Flammen noch immer knisterten und sprühten und die Pulverkammer noch immer furchtbar bedrohten, aber durch Westalls heldenmütiges Ausharren endlich auf ihren Herd beschränkt wurden.

Bald aber war die Macht des Feuers gebrochen, und das Schiff außer Gefahr.

Westall stand noch auf seinem Posten, als der Kapitän durch die Zwischenluk herabkam und gleich nach ihm auch der Bootsmann, der sich wieder erholt hatte.

»Sie haben mein Schiff gerettet, Hauptmann Westall«, sagte der Schiffer. »Ihnen allein ...«

»Nicht doch«, wehrte Westall ab, »ich habe nicht mehr getan, als jeder andere an Bord.«

»Wenn Sie nicht hier heruntergegangen wären ...«

»Dann hätte es ein anderer getan. Übrigens bin ich der Meinung, dass das Schiff im vorderen Raum in Brand gesteckt worden ist. Als ich noch mit den anderen Sträflingen zusammen war, hörte ich oft, wie sie davon redeten, ob sich unter der Ladung auch wohl Spirituosen befänden und wie man dazu gelangen könnte. Einer hat dann die Luke, die aus dem Zwischendeck in den Ladungsraum führt, aufgemacht und dann mit einem Licht da unten herumgesucht. Ich habe die offene Luke gesehen und auch den Rest der Kerze.«

»Kriegen wir den Brandstifter, dann soll er's büßen«, sagte der Schiffer. »Aber jetzt machen Sie, dass sie in Ihre Koje kommen, ich werde Maitland zu Ihnen schicken. Sie können kaum atmen und sind ja wohl auch halb gebraten; von Haar und Bart haben Sie keine Spur mehr! Mann, was müssen Sie für Schmerzen leiden!«

»Das ist nicht so schlimm und Haar und Bart wachsen wieder«, entgegnete Westall. Er übergab dem Bootsmann den Schlauch und folgte dem Schiffer an Deck.

Elftes Kapitel.

Die Meuterei. - Wie Kapitän Johnston den Aufrührern die
Stirn bietet. - Was Clark, der Goldsucher, zu sagen hat.
Beim Frühstück in der Kajüte. - Wo ist Westall?
Clark mit der Parlamentärflagge.

Ein heller schmaler Streif am östlichen Horizont verkündete den Anbruch des neuen Tages. Das Firmament darüber erschimmerte in lichtem Grau und das dunklere Wasser darunter zeigte auch bereits Spuren von Licht. Es war, als ginge es von Osten her wie ein Geflüster über die unendliche See, wie eine Botschaft für alle Welt, dass wieder ein Tag heraufzöge. Solche Botschaften werden täglich um das Erdenrund gesendet, unaufhörlich, ohne Ende.

Dann tauchte der glühende Sonnenball auf und goss hüpfendes rippelndes Feuer auf die Flut. Seine ersten Strahlen röteten die Segel des großen Schiffes, das regungslos auf der unermesslichen Tiefe lag.

Die Segel waren vom Qualm rußig angeschwärzt, ebenso die Rahen, von denen sie müßig herabhingen. Aus der Vorluk stieg eine Rauchwolke langsam in die reine helle Morgenluft empor, nicht mehr in dicken Massen, sondern nur noch wie schlängelnder gelbgrauer Nebel, gleichsam der letzte Atem eines sterbenden Feindes.

Allenthalben auf dem nassen Deck des *Jupiter* lagen schlafende Männer umher, Mannschaften und Sträflinge durcheinander; sie lagen, wo sie erschöpft niedergesunken waren, als der Feind nach hartem Kampf endlich unterlegen war.

Auch Bernhard Burgdorf befand sich unter den

Schläfern. Er hatte die ganze Nacht hart gearbeitet, zuerst an den Pumpen und dann im Raum beim Umstauen der Ladung, zusammen mit seinem Freund Westall.

Den Letzteren hatte der Doktor in seine Kammer gesperrt.

»Ich habe Sie immer für einen leidlich ansehnlichen Menschen gehalten«, sagte der ärztliche Herr zu seinem Patienten, »jetzt aber sehen Sie wie eine richtige Vogelscheuche aus. Ihr ganzer Körper ist versengt – bitte, keine Widerrede! Ich sage Ihnen, Sie sind stellenweise sogar vollständig verkohlt. Es ist hier ein Geruch in der Kammer wie von einem Braten, der zu lange im Ofen gewesen ist. Ich werde Ihnen etwas zum Einreiben der Brandstellen geben, und dann marsch in die Koje.«

Gleich darauf war er mit dem Kapitän im Zwischendeck, um zu überlegen, was zu geschehen habe, um die Sträflinge wieder unterbringen zu können.

Um sechs Glasen – sieben Uhr morgens – befahl Kapitän Johnston Grog für alle Mann, auch für die Sträflinge. Jeder musste mit seinem Blechpott vor der Kombüse antreten, wo Pat, der Steward, mit einem Eimer voll Rum und einer Schöpfkelle bereitstand. Dann ging's an das Reinigen des Schiffes.

»Wenn alles klar und in Ordnung ist, gibt's Frühstück«, sagte der Schiffer, »und dann nimmt der gewohnte Dienst vorn und achtern wieder seinen Fortgang.«

Vielleicht entgingen ihm die Blicke, welche die Sträflinge bei diesen letzten Worten untereinander und auch mit einigen der Matrosen austauschten. Jedenfalls achtete er nicht darauf, sondern ging ruhig achteraus, um sich von dem Ruß zu reinigen, mit dem sein Gesicht und seine Hände besudelt waren.

Ehe er seine Kammer aufsuchte, winkte er Mr. Rick, den Obersteuermann, zu sich heran.

»Ich überlasse Ihnen die Aufsicht an Deck auf eine Stunde allein«, sagte er zu diesem. »Ich brauche Sie nicht erst darauf aufmerksam zu machen, dass unsere Lage kritisch ist und dass Sie Augen und Ohren so weit offen halten müssen wie noch nie.«

Der Obersteuermann nickte.

»Da ist keine Gefahr, denke ich«, antwortete er.

»Ich werde den Kerlen alle Hände voll zu tun geben, das ist die Hauptsache, meine ich.«

»Sehr richtig, außerdem haben Sie die acht Mann mit den Gewehren zur Verfügung.

Damit ging der Schiffer in die Kajüte und Mr. Rick begab sich nach vorn.

Eine Viertelstunde später saßen Keppen Johnston, Doktor Maitland und unser Freund Bernhard an dem großen Tisch in der Kajüte bei einem von Pat aufgetragenen reichlichen Frühmahl. Der Schiffer erzählte, was Westall ihm über die Entstehung des Feuers gesagt hatte.

»Er wird recht haben«, sagte er. »Die Halunken krochen über die Ballen nach vorn, in der Hoffnung, dort Fässer mit Branntwein zu finden, und kamen dabei mit der Kerzenflamme an brennbare Stoffe.«

Der Doktor wiegte den Kopf.

»Mag sein«, entgegnete er. »Mag auch sein, dass sie das Feuer vorsätzlich gelegt haben. Bei diesen Verbrechern kann jeden Moment der unglaublichen Dinge gewärtig sein. Sie sind vollständig unberechenbar. Ich setze mich in dieser Kajüte niemals ohne innerliche Angst zu Tisch, wenn auch nur ein Gang der Sträflinge an Deck ist.«

»Wie ist Ihnen denn gegenwärtig zu Mute, wo alle vier an Deck sind und kein einziger von den Kerlen gefesselt?«, forschte der Kapitän.

Mir ist, als müsste es jeden Augenblick Mord und Totschlag an Deck geben, als müsste im nächsten Moment ...«

Der Moment, den er gefürchtet hatte, war da.

Wildes Gebrüll erscholl an Deck, dann fielen zwei Schüsse.

Die Drei in der Kajüte sprangen von ihren Stühlen auf, aber noch ehe sie zur Tür eilen konnten, kam Pat hereingestürzt.

»Retten Sie sich!«, rief er in höchster Aufregung. »Das Schiff ist in den Händen der Sträflinge, und sie haben den Obersteuermann totgeschossen!«

Als er diese Schreckenskunde hervorgestoßen hatte, sank er kraftlos auf das Sofa. Draußen ertönte jetzt wüstes Jubelgeschrei und dazwischen vernahm man die Stimme eines einzelnen Mannes, der eine Ansprache zu halten schien. Dann ein abermaliges betäubendes Gebrüll und das Getrampel achteraus eilender Füße.

»Jetzt gilt's Festigkeit, Ruhe und Mut!«, sagte der Doktor. »Wir stehen miteinander oder fallen miteinander!«

Schnellen Schrittes ging er der Kampanjetreppe zu, der Schiffer und Bernhard folgten ihm. Da kamen ihnen die drei Midshipmen entgegen, Hopkins aus einer Kopfwunde blutend.

»Meuterei!«, rief der Letztere. »Die Sträflinge haben das Schiff genommen und kommen achteraus, um uns alle zu ermorden!«

Der Doktor und der Schiffer ließen sich dadurch nicht abhalten, an Deck zu gehen und hier ihrem Geschick die Stirn zu bieten.

Kaum wurden sie von den Anführern erspäht, da brüllte eine heisere Stimme aus der Mitte des Haufens:

»Nieder mit ihnen! Schlagt sie tot, den Doktor zuerst!«

Es war eine wilde Schar, Sträflinge und Matrosen durcheinander. Nicht ein Einziger schien zurückgeblieben zu sein. Unter den vordersten waren auch die acht Matrosen mit den Gewehren, sie schrien wie die übrigen.

»Halt, Leute!«, rief der Schiffer. »Ruhe! Was soll der Lärm! Was wollt Ihr hier auf dem Achtereck?«

»Schießt sie über den Haufen!«, schrie die heisere Stimme, die Stimme des Sträflings Croker. »Schießt dem Hund von Doktor ein Loch ins Fell! Lasst sie doch nicht erst lange reden!«

»Wer ist der Kerl, der wehrlose Männer niederschießen will!«, rief Kapitän Johnston. »Ein Seemann ist's sicher nicht! Kann keiner antworten? Warum seid ihr achteraus gekommen? Wo ist der Obersteuermann?«

»Der liegt vorn und rührt sich nicht mehr!«, rief einer aus dem Hintergrund.

»Ihr werdet ihm bald Gesellschaft leisten!«, schrie ein anderer aus derselben Gegend.

»Haltet die Mäuler!«, rief einer aus dem Vordergrund den Schreiern zu. »Schmeißt sie in den Raum, wenn da noch ein Mann unter euch ist! Wir wollen solche Kläffer nicht haben!«

Das war die Stimme des Mannes, der vorhin die Ansprache gehalten hatte.

»Wer ist das, der da so redet, als gehöre das Schiff ihm

und nicht mir?«, fragte der Kapitän.

Ein Mann trat aus dem Haufen, barhäuptig, eine lange Mähne zottigen grauen Haares hing ihm um den Kopf.

Es war Clark, der Goldsucher.

»Ich will Ihnen Antwort geben, Keppen Johnston«, sagte er. »Es soll alles in bester Ordnung zugehen, ohne Blutvergießen. Sie haben immer ein paar Pistolen bei sich, die können Sie fortan beiseitelassen. Sie haben sie jetzt nicht zur Hand genommen – Sie taten recht daran. Sie haben im allgemeinen stets das Rechte getan und gesagt, das gestehe ich Ihnen gern zu. Würden Sie eine Pistole erhoben haben, Sie hätten nicht mehr Zeit gehabt, abzudrücken.«

»Was wollen Sie mir sagen? Heraus damit!«, entgegnete der Kapitän.

»Viel nicht; ich will kurz und deutlich sein. Die Männer, die hinter mir stehen, haben das Schiff gerettet und daher Anspruch auf Bergelohn!«

»Das ist Unsinn! Die Leute haben unter meinem Befehl gearbeitet, wie es ihre Schuldigkeit war. Was schwatzen Sie daher von Bergegeld?«

»Wir sind anderer Meinung, Keppen Johnston«, sagte Clark. »Aber weiter. Als die Leute Sie und den Doktor und alle, die nicht mit uns sind, über Bord hieven wollten, hielt ich sie davon zurück. »Kein Mord!«, sagte ich; »komme was wolle, aber kein Mord!« Der Obersteuermann schoss auf uns, traf zum Glück aber nicht. Einer von uns schoss zurück, traf aber auch nicht. Jetzt liegt Mr. Rick gebunden vorn an Deck. So lange die Leute ihren Eid halten, den sie mir auf die Bibel geleistet haben, ist Ihr und Ihrer Freunde Leben außer Gefahr.«

»Wenn Sie mir weiter nichts zu sagen haben, dann gehen

Sie nur wieder voraus!«, sagte der Schiffer gelassen. »An die Arbeit, Leute!«

»Oho!«, rief einer der in Kapstadt Angemusterten. »Das Schiff gehört uns jetzt, und wenn er es uns nicht segeln will, wohin wir wollen, dann soll ihn der Teufel holen!«

Die anderen schrien Beifall.

»Sie haben's gehört, Keppen Johnston«, sagte Clark. »Den Teufel konnte er allerdings beiseitelassen. Das Schiff ist unser. Jeder Mann an Bord ist frei, und wenn Sie klug sind, dann bringen Sie uns in einen Hafen, den ich Ihnen innerhalb vierzehn Tagen nennen werde; nicht nach Port Blair, sondern an der Küste von Australien.«

»Das war's also!«, sagte der Schiffer. »Sie also haben die Leute zur Meuterei angestiftet und gemeinschaftliche Sache mit den Sträflingen gemacht, damit sie Ihnen Gold suchen helfen! Das wird Ihnen übel bekommen!«

»Ist das Ihre Antwort, Kapitän?«

»Wenn Sie und die anderen jetzt auf meinen Befehl nicht voraus und an die Arbeit gehen, dann werde ich mein möglichstes tun, alle Meuterer an den Galgen zu bringen, sobald ich im Hafen bin. Das ist meine Antwort.«

»Nun, klar und verständlich ist sie ja«, sagte Clark. »Nehmen Sie Vernunft an, Keppen Johnston. Wir wollen das Schiff nicht wegnehmen, wir wollen es nur für die Fahrt nach Australien leihen. Sechs Monate nach unserer Landung daselbst erstatte ich den Reedern das Dreifache seines Wertes in Goldklumpen. Übernehmen Sie die Navigation dorthin, dann sollen Sie denselben Anteil vom Gewinn haben wie jeder von uns. Es kommen verschiedene Millionen zur Verteilung. Was sagen Sie jetzt?«

»Machen Sie, dass Sie von meinem Achterdeck kommen,

oder ich breche Ihnen alle Knochen im Leibe!«, rief der Schiffer. Dann wendete er sich zu den anderen. »Hört mir zu, Leute«, sagte er begütigend. »Viele von euch sind Seefahrer. Ist es braver Matrosen würdig, sich gegen ihren Skipper zu empören, der es, Gott ist mein Zeuge, immer nur gut mit euch gemeint hat? Ihr habt euch von einem verrückten Abenteurer die Köpfe verdrehen lassen, der euch Haufen Goldes versprochen, aber noch verdammt wenig davon gezeigt hat. Er hat außer euch schon unzählige andere zu beschwatzen versucht, aber da sind nicht so viele Narren in der Welt wie er sich einbildet. Geht an eure Arbeit, Leute, dann soll alles vergeben und vergessen sein.«

Der Goldsucher tat einen Schritt auf den Kapitän zu.

»Genug!«, rief er und seine tiefliegenden Augen glühten. »Genug, Keppen Johnston! Sie haben nicht länger das Kommando hier an Bord! Alle Mann haben geschworen, fortan nur mir zu gehorchen, und ich habe geschworen, alle Mann reich zu machen! Wir wollen kein Blutvergießen und hoffen, dass Sie uns nicht dazu zwingen werden.«

»Sie tun mir leid, Sie und die armen Teufel, die Sie irregeführt haben«, entgegnete der Schiffer; dann drehte er der Meutererschar den Rücken und ging mit dem Doktor und Bernhard in die Kajüte zurück.

»Das war der erste Schritt«, hörte er den Goldsucher noch sagen, worauf die Bande wieder in ein Beifallsgeschrei ausbrach.

Unten angelangt, fiel des Schiffers Blick zuerst auf den jungen Hopkins und dessen verbundenen Kopf.

»Wie sind Sie zu der Wunde gekommen?«, fragte er.

»Als ich vorhin achteraus lief, warf der Sträfling Croker einen Koffeenagel hinter mir her«, antwortete der

Midshipman. »Die Verletzung ist nicht der Rede wert. Croker hetzte die anderen auf, uns alle niederzuschießen und über Bord zu hieven.«

»Dahin wird's auch noch kommen«, brummte Doktor Maitland, Hopkins Wunde verbindend.

Gleich darauf erschienen die beiden Steuerleute und der Bootsmann in der Kajüte. Rick war der Ansicht, dass die Meuterei hätte verhindert werden können, wenn das Feuer den Aufrührern nicht zu Hilfe gekommen wäre.

»Hat man auch Sie zu gewinnen gesucht?«, fragte der Schiffer.

»Jawohl«, antwortete der Obersteuermann. »Aber erst unmittelbar vor Ausbruch des Feuers, so dass ich keine Zeit mehr fand, Sie zu benachrichtigen. Übrigens bildet sich Clark ein, das Schiff selber nach Australien navigieren zu können.«

»Ja, und er hat auch bereits das Kommando übernommen«, fügte der Bootsmann hinzu.

Der Schiffer biss die Zähne zusammen.

»Es soll ihm nicht leicht werden, mich beiseite zu schieben, sagte er ingrimmig. »Was aber können wir tun? Was sollen sechs oder sieben Mann, gegen jene achtzig Kerle ausrichten?«

»Wir können nur abwarten und sehen, wie die Dinge sich gestalten«, sagte der Doktor. »An Kampf und Gegenwehr ist nicht zu denken. Wir wären nicht imstande, die Kajüte auch nur eine Stunde gegen die Meute zu halten, obgleich wir über die Waffenkammer verfügen.«

»Seltsam, dass sie nicht sogleich versucht haben, sich der Waffenkammer zu bemächtigen«, bemerkte der Schiffer.

»Clark hält sie zu fest in Händen«, entgegnete der

Bootsmann. »Sie sollten das gleich zu Anfang tun, aber er hielt sie davon zurück. Er will nicht zu viel Gewehre in ihren Händen wissen.«

»Er muss bereits Erfahrung in solchen Dingen haben«, sagte der Doktor. »Er erzählte mir einmal, dass eine Expedition, die er nach der Goldgegend führen wollte, weniger durch die Wilden, als durch die Streitigkeiten der Mitglieder unter sich aufgerieben worden wäre. Er sagte, dass die Abenteurer sich bereits sämtlich gegenseitig umgebracht hätten, als kaum die Hälfte des Weges zurückgelegt war.«

»Das ist ein Hoffnungsfünkchen für uns«, sagte der Schiffer. »Vielleicht fahren die Halunken da sich auch demnächst gegenseitig an den Hals.«

»Der zweite Steuermann berichtete noch, dass die Meuterer ihn zuerst in seiner Kammer gefangen halten wollten, dass sie ihn dann aber auf Clarks Zureden achteraus gehen ließen. Er war der Meinung, dass man sich auf das Schlimmste vorbereiten müsse.

»Und das geschieht am besten dadurch, dass die Gentlemen das erst halb verzehrte gute Frühstück vollends aufessen«, warf Pat ein, der bisher still und respektvoll in der Ecke gestanden, während der letzten fünf Minuten aber durch eine heftige Zeichensprache Bernhard zu bewegen gesucht hatte, sich doch wieder auf seinen Platz zu setzen.

»Pat hat recht«, sagte der Schiffer. »Man kann am besten überlegen und auch am besten dreinschlagen, wenn man sich zuvor tüchtig mit Speise und Trank gestärkt hat. Und dass wir demnächst aller unserer Kräfte bedürfen werden, davon bin ich überzeugt.«

Sie setzten sich alle an den Tisch und langten wacker zu.

»Wo mag Westall stecken?«, fragte Bernhard plötzlich und sah die Anwesenden der Reihe nach fragend an.

»Westall!«, wiederholte Keppen Johnston. »Wie konnten wir den so vergessen!«

»Ja, wo ist er?«, fragte auch der Doktor. »Wenn allen, die nicht zu den Meuterern halten wollten, erlaubt war, achteraus zu gehen, warum ist der nicht hier?«

Bernhard erhob sich schnell und eilte nach Westalls Kammer, die er jedoch leer fand. Er lugte aus dem kleinen Fenster über das Deck hinaus. Beim Großmast gewahrte er Clark und einen Haufen Aufrührer, die augenscheinlich Kriegsrat abhielten. In ihrer Nähe lag ein Dutzend abgeschlachteter Hühner. Alle rauchten ihre Kalkstummel. Von Westall keine Spur.

»Das verstehe ich nicht«, sagte der Doktor, als der junge Mann mit dieser Meldung zurückkam. »Was mag aus ihm geworden sein?«

»Ich denke, wir brauchen uns seinetwegen keine Sorgen zu machen«, entgegnete der Schiffer. »Was er bisher geleistet hat, beweist, dass er jeder Situation gewachsen ist, und wenn er sich selber nicht helfen kann, dann können wir's auch nicht. Ich bin überzeugt, dass er gegenwärtig irgendwo ebenso in Sicherheit sitzt, wie wir hier. Er hat stets alle seine Sinne beisammen und weiß immer Rat und ich rechne sehr auf seine Hilfe, wenn es gilt, mit den Meuterern fertig zu werden.«

Das Frühstück war zu Ende; rechtschaffen gegessen hatte eigentlich niemand, die drei Midshipmen ausgenommen.

Man folgte nun dem Beispiel der Meuterer und hielt einen Kriegsrat. Nach Erwägungen und Vorschlägen der verschiedensten Art gelangte man zu der Einsicht, dass man der Übermacht gegenüber so gut wie nichts ausrichten könnte.

»Wir unterliegen auf jeden Fall, und wenn's auch nur durch Aushungern wäre«, sagte der Doktor. »Mein Rat ist, uns auf keinen Kampf einzulassen, wir zeigten dadurch nur unsere Schwäche und verschlimmerten unsere Lage. Warten wir ruhig ab, welche weiteren Schritte die Kerle tun werden.«

»Recht so«, stimmte der Schiffer bei. »Sie werden sich bald genug wieder melden. Dann sollen sie meine Antwort haben, ob ich das Schiff nach der australischen Küste bringen will, damit sie dort die Haie mit uns füttern. Dann werden sie erfahren, was sie zu erwarten haben.«

»Und wir wissen dann, was wir zu erwarten haben«, sagte der Doktor; »das ist auch etwas wert.«

Stunden vergingen. Man redete nur noch wenig, jeder hing seinen Gedanken nach. Bernhard war mehrmals in Westalls Kammer gewesen; als er zuletzt von dort zurückkehrte, hatte er es sehr eilig.

»Sie kommen!«, rief er mit unterdrückter Stimme.

Gleich darauf hörte man Clarks Anruf:

»Keppen Johnston, ahoi!«

»Hallo!«, antwortete dieser.

»Auf ein Wort, if you please, Sir.«

»So viel Sie wollen«, rief der Schiffer.

»Ich komme mit einer Parlamentärflagge«, fuhr die Stimme an Deck fort.

»Was für eine Flagge?«

»Parlamentärflagge. Wir wollen friedlich miteinander unterhandeln und keiner den anderen überrumpeln! Es soll Waffenstillstand sein.«

»Das ist dummes Geschwätz! Ich bin Kapitän hier an Bord! Was heißt da Waffenstillstand?«

»Wollen Sie an Deck kommen, Sir, und mich anhören?«

»Gewiss will ich das, und nicht nur hören, was Sie, sondern auch, was sie anderen mir zu sagen haben, sofern sie reden wollen.«

Zwölftes Kapitel.

Was der Goldsucher dem Schiffer zu sagen hatte. - »Morgen sollen Sie meine Antwort haben.« - Kriegsrat. - Verschiedene Meinungen. - Bernhard sieht ein, dass Onkel Jan recht hatte. - Westall ist wieder da. - Im Kutter.

Er ging die Kampanjetreppe hinauf und trat dem auf dem Achterdeck seiner harrenden Clark entgegen.

»Hier bin ich«, sagte er.

»Ich habe Ihnen einen Vorschlag zu machen«, begann der Goldsucher. »Sie sind ein erfahrener Seemann und wissen, wie es gegenwärtig mit dem Schiff steht.«

»Und Sie sind der Anführer der Meuterer, wenigstens halten Sie sich dafür«, entgegnete Keppen Johnston, »ich weiß aber, dass die Verbrecher, die Räuber und die Mörder, vor allem der Croker, Sie in den Händen haben.«

Bei der Erwähnung des Letzteren ballte Clark die Fäuste, aber er blieb ruhig.

»Sie irren«, sagte er, »Croker hat denselben Eid geleistet wie die anderen; gehorcht er mir nicht, dann wird er erschossen.«

»Haha!«, lachte der Schiffer. »Was gilt dem Croker ein Eid? Dem Kerl, der sich rühmt, alle Verbrechen begangen zu haben, die überhaupt zu begehen sind?«

»Ich weiß das alles«, entgegnete Clark.

»Und doch sind Sie sein und der anderen Mörder Genosse geworden?«

»Sie kennen den Zweck, den ich verfolge, der seit sechs langen Jahren mein einziger Gedanke ist; um ihn zu erreichen, nehme ich Leute, wo ich sie finde und welcher Art sie auch sind.«

»Genug davon, Mann«, unterbrach der Schiffer. »Ihren Vorschlag!«

»Den sollen Sie hören. Es sind hier Leute an Bord, die wie angekettete Wölfe nach Ihrem und Ihrer Freunde Blut lechzen. Wenn ich den Finger erhebe, dann ist es in einer halben Stunde aus mit Ihnen allen. Wenn Croker seinen Willen gehabt hätte, dann ständen Sie jetzt nicht vor mir. Jetzt bin ich noch sein Herr, nach wenigen Stunden werde ich es, was Sie betrifft, nicht mehr sein. Sie haben nur die Wahl zwischen zwei Dingen. Ohne mich hätten Sie überhaupt keine Wahl mehr.«

»Wenn ich alles weiß, werde ich Ihnen danken«, sagte der Schiffer.

»Das werden Sie, dessen bin ich gewiss. Wählen Sie also: Wollen Sie das Schiff für uns nach Australien führen, oder wollen Sie uns den Weg selber finden lassen und von Bord gehen? In letzterem Fall würden wir Ihnen und Ihren Freunden den Kutter zur Verfügung stellen und auf einen Monat mit Proviant versehen. Ich hoffe, Sie werden sich für das Erstere entschließen.«

»Wie lange Zeit bleibt mir, einen Entschluss zu fassen?«

»Mir wäre es am liebsten, könnte ich Ihren Bescheid gleich mit nach vorn nehmen. Aber Sie möchten die Sache wohl gern erst mit Ihren Gefährten besprechen.«

»Das möchte ich«, sagte der Schiffer.

»Nun, das ist erklärlich und auch in der Ordnung. Ich werde mir also Ihren Bescheid morgen früh erbitten.«

»Gut, morgen früh um sechs Uhr sollen Sie ihn haben. Ich bitte mir aber aus, dass bis dahin keiner von den Meuterern achteraus kommt.«

»Darauf können Sie sich verlassen«, versicherte der Goldsucher. Dann sah er den Schiffer forschend und eindringlich aus seinen tiefliegenden Augen an.

»Sie werden bei uns bleiben, Keppen Johnston, nicht wahr?«, fragte er mit gedämpfter Stimme.

»Morgen früh erfahren Sie meinen Entschluss«, antwortete der Schiffer kurz.

»All right, Sir; je mehr Sie über die Sache nachdenken, desto sicherer werden Sie das erkennen, was für Sie und Ihre Gefährten das Beste ist ... Keppen Johnston, ich beschwöre Sie, stoßen Sie die Hand, die Ihnen das Schicksal bietet, nicht zurück!«, fügte er mit dem Ausdruck innigen Flehens hinzu. »Nicht Ihretwegen, nicht meinetwegen, auch nicht der Leute wegen, die hier an Bord sind – nein, der ganzen Welt wegen! Bleiben Sie bei uns, führen Sie das Schiff, dann erst ist der Erfolg sicher! Berauben Sie die Welt nicht der ungezählten Millionen, die dort nur aufgelesen zu werden brauchen!«

»Morgen sollen Sie meine Antwort haben«, erwiderte Johnston ungeduldig; »mehr kann ich Ihnen jetzt nicht sagen.«

»All right, Sir. Ich habe getan, was ich konnte und bin nun für nichts mehr verantwortlich. Fließt nun noch Blut, dann kommt das auf Ihr Haupt, ja, Skipper, jeder Tropfen!«

Ehe der Goldsucher noch ausgeredet hatte, befand Keppen Johnston sich wieder in der Kajüte.

»Sie haben ohne Zweifel alles gehört«, sagte er zu seinen Gefährten.

»Alles«, erwiderte der Doktor. »Was werden Sie beschließen?«

Ich denke, weder auf das eine, noch auf das andere einzugehen.«

»So«, sagte der Doktor. »Na, dann wissen wir ja alle, was das Ende vom Lied sein wird.«

Eine tiefe Stille trat nach diesen Worten ein, die endlich vom Bootsmann unterbrochen wurde.

»Warum sollen wir nicht den Versuch machen, unser Leben zu erhalten, Keppen Johnston, wenn ich mir diese Frage erlauben darf?«, sagte er.

»Auf welche Weise?«, entgegnete der Schiffer.

»Nun, ich lasse mich doch lieber im Kutter aussetzen, als hier in der Kajüte totschießen wie eine Ratte im Loch. Eins von beiden bleibt uns doch nur. Mit den Meuterern wollen wir nichts zu schaffen haben. Schön, sagen die, dann müsst ihr eben sterben. Aber wie? sage ich. Wir lassen euch im Kutter treiben, sagen die, oder, wenn euch das besser gefällt, in eurer Kajüte verhungern; wir können euch auch den Wanst voll Blei schießen – wie ihr wollt. Da scheint mir's doch, Gentlemen, dass wir im Kutter die beste Aussicht haben, mit dem Leben davonzukommen. Schwach ist die Aussicht ja nur, aber es ist doch eine Aussicht.«

Minutenlanges Schweigen folgte dieser Rede, dann sagte der Doktor:

»Ich pflichte dem Bootsmann bei. Zwar widerstrebt mir der Gedanke, das Schiff zu verlassen ...«

»Mir widerstrebt er so sehr, dass ich ihn erst gar nicht in Erwägung ziehe«, warf der Kapitän abweisend ein.

»Dann tut es mir leid, dass ich so frei gewesen bin, davon zu reden«, entschuldigte sich der Bootsmann.

»Ich kann und darf mein Schiff nicht verlassen«, sagte Johnston finster.

»Ich verstehe Ihre Empfindungen«, versetzte Doktor Maitland, »sie machen Ihnen Ehre. Ein Kapitän, dem ein Schiff anvertraut ist, hat an Bord zu bleiben, bis zum letzten Augenblick.«

»Mir aus der Seele gesprochen, Maitland.«

»Ja«, fuhr der Doktor fort, »aber nun fragt es sich, wann ist der letzte Augenblick da?«

Die beiden Steuerleute nickten Beifall.

»Wenn ein Schiff im Sinken ist«, redete der Doktor weiter, »muss der Skipper an Bord bleiben, bis der Kasten unter seinen Füßen wegsackt? Wenn ein Schiff auf die Klippen geworfen ist und in Stücke geht, muss er dann warten, bis die Seen ihn über Bord reißen?«

»Nein«, sagte der Obersteuermann, »das muss er nicht. Und dies Schiff, der *Jupiter*, ist mit einem Fahrzeug zu vergleichen, das mit Wasser gefüllt ist und wegsackt, es ist schlimmer dran, als eins, das wie Sie anführen, auf den Klippen in Stücke geht.«

»Der Bootsmann und der Obersteuermann haben recht«, nahm der Doktor wieder das Wort. »Gehen wir in den Kutter, dann haben wir die ziemlich sichere Aussicht, von einem Schiff aufgenommen zu werden und dafür sorgen zu können, dass die an der australischen Küste stationierten

Kriegsschiffe den *Jupiter* aufsuchen und die Meuterer zur Bestrafung bringen. Aus diesen Erwägungen bin ich ganz entschieden dafür, dass wir von Bord gehen.«

Es entstand eine lange Pause. Aller Augen hingen in gespannter Erwartung an dem Antlitz des Schiffers, denn keinen verlangte danach, sich hier in der Kajüte von der mordgierigen Bande niederknallen zu lassen.

Endlich öffnete Kapitän Johnston den Mund.

»Ich sehe, dass man mich mit aller Gewalt zwingen will, in den Kutter zu gehen«, sagte er unwillig. »Aber ich kenne meine Pflicht und werde das Vertrauen, das meine Reeder in mich gesetzt haben, nicht täuschen. Möge von Bord gehen, wer will, ich bleibe!«

»Dann ist die Sache also erledigt«, erwiderte der Doktor gleichmütig. »Wo der Kapitän bleibt, da bleiben auch wir. Sein Wille ist für uns Befehl und Gesetz; es komme was da wolle, wir werden treu zu ihm stehen.«

Der Schiffer blickte wie unschlüssig von einem zum anderen.

»Ich meine, richtig zu handeln«, sagte er. »Wenn ich die Überzeugung hätte, dass die Kerle uns demnächst mit kaltem Blut abschießen werden, dann stimmte ich auch für den Kutter. Ich glaube aber, dass sie uns noch eine ganze Weile in Ruhe lassen werden, in der Hoffnung, dass ich eines Tages vielleicht doch noch die Führung des Schiffes übernehmen könnte, und in dieser Zeit kann sich manches ereignen.«

»Wie dem auch sein möge«, entgegnete der Doktor, »jedenfalls fügen wir uns Ihrer Entschließung. Und nun wollen wir sehen, was Pat für uns zu essen hat.«

Der Rest des Tages verlief sehr schweigsam in der Kajüte. Der Kapitän und der Doktor schliefen, ebenso zwei der Midshipmen. Bernhard und Hopkins saßen in einer Ecke und unterhielten sich mit leiser Stimme, ein gleiches taten der Bootsmann und die beiden Steuerleute. Pat hatte die Lampe angezündet und sich mit dem Kajütsjungen in die Pantry zurückgezogen. Draußen hörte man die Meuterer singen und lachen. Die Windstille hielt noch immer an, das Schiff lag so regungslos wie ein Stück Treibholz.

»Wenn ich über alles das nachdenke«, sagte Bernhard zu seinem Genossen, »was mir seit jenem Abend, wo ich mit meinem Onkel Jan am Strand von Borkum spazieren ging, widerfahren ist, dann wirbelt mir der Kopf. Damals beklagte ich mich darüber, dass ich noch kein einziges Abenteuer erlebt hätte und auch wohl schwerlich jemals eins erleben würde, und jetzt ...«

»Jetzt haben Sie sogar schon mehr erlebt, als ich«, unterbrach ihn Hopkins, »und ich treibe mich doch schon so ewig lange auf See umher.«

Er redete wieder seiner Gewohnheit nach, als wäre er ein moderner Odysseus.

»Ich sehe jetzt ein, dass Onkel Jan doch recht hatte«, fuhr Bernhard fort. »Er behauptete, je weniger Abenteuer ein Mensch erlebe, desto besser wäre es für ihn.«

»Und Sie meinen, Sie hätten nun auch genug davon, was?«

»Nur noch eins wünsche ich mir«, antwortete Bernhard.

»Und was wäre das?«

»Ein glückliches Entrinnen aus Meutererklauen. Ich möchte zu Hause erzählen, wie wir die Schurken überlisteten und mit ihnen abrechneten.«

»Wenn Sie jemals wieder nach Hause kommen, dann werden Sie von solch einem Abenteuer auch ganz sicher zu berichten haben, denn wenn wir nicht entrinnen, dann gelangen Sie auch nicht mehr nach Hause. Hallo ... was gibt's da?«

Hopkins war aufgesprungen.

»Ich hörte jemand auf der Kampanjetreppe!«, flüsterte er.

Bernhard erhob sich blitzschnell und riss die Pistole aus dem Gurt.

»Werda!«, rief Hopkins, ebenfalls die Pistole erhebend.

»Gut Freund!«, antwortete die gedämpfte Stimme von der Treppe her. »Bitte machen Sie keinen Lärm.«

»Es ist Westall!«, rief Bernhard leise und freudig. »Unser Hauptmann! Ich wusste ja, dass ihm nichts passiert sein konnte!«

Westall näherte sich schnell und geräuschlos und reichte Bernhard die Hand. Er trug die Sträflingsuniform und auch die Mütze. Er hatte sich mit Kohle Augenbrauen und Vollbart gemalt und war kaum wiederzuerkennen.

»Wo haben Sie gesteckt?«, fragte Bernhard. »Und warum diese Entstellung? Sie sehen wie ein Sträfling aus.«

»Bin ich etwa keiner?«, entgegnete Westall. »Ich muss vor allen Dingen den Kapitän sprechen. Wo ist er?«

»Er steht hinter Ihnen«, sagte Hopkins.

Der Sträfling wendete sich um und sah sich dem Schiffer gegenüber.

Respektvoll nahm er die Mütze ab. Johnston reichte ihm die Hand.

»Sie sind gekommen, uns beizustehen«, sagte er.

»Sie haben sich verborgen gehalten und eine Maske angepinselt. Was bringen Sie uns Neues?«

»Wenig und nichts gutes«, antwortete der Sträfling.

»Laufen Sie zum Doktor, Hopkins, ich ließe ihn in den Salon bitten«, befahl der Schiffer; »der Hauptmann Westall wäre da.«

In zwei Minuten war Doktor Maitland zur Stelle. »Ich wusste, dass wir uns auf Sie verlassen konnten«, sagte er, die Hand auf des Sträflings Schulter legend. »Und Sie sind auch nicht den Halunken in die Hände gefallen?«

»Das hielt ich nicht für ratsam«, lächelte Westall.

»Aber wo sind Sie gewesen?«, forschte der Doktor.

»An verschiedenen Orten«, war die Antwort. »Als ich die Schüsse hörte, verließ ich meine Kammer und schlüpfte in den Raum hinunter, weil mich dort niemand gesucht hätte, ich aber manches zu erlauschen vermochte. Ich hörte alles, was zwischen Clark und den anderen verhandelt wurde. Der Goldsucher nahm Ihre Partei gegen den Mordbuben, den Croker. Ich hoffte, dass es zu einer Spaltung kommen würde; das geschah jedoch leider nicht. Ich hörte auch die Vorschläge, die Clark Ihnen machte. Sie gehen doch natürlich in den Kutter?«

»So natürlich ist das nicht«, entgegnete der Schiffer. »Ich gedenke das Schiff nicht zu verlassen.«

»Was!«, rief Westall, »Sie wollen doch nicht etwa hier an Bord bleiben?«

»Das habe ich allerdings im Sinn und werde diesen Entschluss auch morgen früh den Meuterern mitteilen.«

»Dann ist all meine Arbeit vergebens gewesen!«, sagte Westall. »Ich habe bereits eine Menge Gegenstände in den Kutter geschafft, die während der Fahrt von Nutzen sein würden, und niemand hat mich, dank meiner Verkleidung, dabei gestört.«

»Das war sehr vorsorglich und verständig«, antwortete der Schiffer, »aber ich denke, dass wir bessere Aussichten haben, wenn wir hier an Bord bleiben.«

»Sie irren sich, Kapitän Johnston!«, rief Westall. »Wenn Sie morgen früh um acht Glasen noch auf dem *Jupiter* sind, dann ist um acht Glasen mittags kein Einziger von Ihnen mehr am Leben!«

»Wie kommen Sie zu dieser Behauptung?«

»Ich habe die Abmachung zwischen Clark und Croker mit angehört. Wenn Sie sich weigern, auf die Ihnen von dem Goldsucher gemachten Vorschläge einzugehen, dann soll Croker das Recht haben, nach seinem Gutdünken mit Ihnen allen zu verfahren. Am liebsten hätte er Sie schon vor Sonnenuntergang sämtlich umbringen lassen. Tote Leute können nicht mehr gegen mich aussagen, meinte er, und viele von den anderen stimmten ihm zu.«

»Der Höllenhund!«, sagte der Schiffer.

»Den größten Hass hat er auf Doktor Maitland geworfen«, fuhr Westall fort, »und um den in seine Gewalt zu bekommen, hofft er, dass Sie Clarks Bedingungen nicht annehmen werden. Ich wundere mich, dass er sich überhaupt so lange zurückhalten ließ, und bin überzeugt, dass morgen früh das Erste unser aller Ermordung sein wird.«

Johnston stand eine Weile stumm, dann sagte er: »Gentlemen, was ich soeben von Hauptmann Westall gehört habe, ändert meinen Entschluss. So ungern ich mein Schiff aufgebe, so muss ich doch an die Rettung meiner Freunde denken. Ich darf Sie von diesen Unmenschen nicht hinschlachten lassen und bin bereit, mit Ihnen in den Kutter zu gehen.«

»Gott sei Dank!«, rief Westall, und auch alle atmeten auf.

»Nun mögen die Halunken sehen, wie sie das Schiff allein nach Australien bringen«, rief Bernhard und rieb sich vergnügt die Hände.

»Der Doktor glaubt, dass Clarks Navigationskenntnisse dazu ausreichen würden«, sagte der Kapitän.

»Es ist nicht ganz leicht, ohne Kompass ein Schiff zu navigieren«, entgegnete Westall lächelnd. »Ich habe mir nämlich erlaubt, vorhin in der Dunkelheit den Kompass in ein Bootswasserfass zu stecken, die Kompassrose ausgenommen, die ich hier unter meinem Hemd habe; bei der Windstille steht ja niemand am Ruder.«

»Da ist noch ein anderer Kompass an Bord, der sogenannte ›Spion‹, in meiner Kammer«, sagte der Schiffer. »Ich werde nicht vergessen, auch dessen Rose zu beseitigen, dann können wir der Bande Glück zur Fahrt wünschen.«

»Ferner bin ich so frei gewesen«, berichtete Westall weiter, »mich in die Kammern der Steuerleute zu schleichen und die Indexe der Sextanten abzunehmen.«

»Dadurch sind die Instrumente unbrauchbar geworden«,

nickte der Schiffer beifällig.

»Ja, wenigstens für einen Laien wie Clark«, sagte Westall. »Ihren eigenen Sextanten müssen wir mit an Bord des Kutters nehmen, ebenso die Karten von diesen Gewässern, und zwar schneiden wir die in quadratische Stücke und jeder verbirgt eins oder mehrere davon unter seinen Kleidern.«

»Ihr Rat ist gut«, erwiderte Johnston. »Die Halunken werden an uns denken.«

»Vorausgesetzt, dass die Stille anhält«, warf der Bootsmann ein. »Eine aufkommende Brise verdürbe den ganzen Spaß.«

»Das haben wir nicht zu fürchten«, entgegnete der Schiffer, »das Barometer ist seit gestern im Steigen und in diesen Breiten täuscht es nie.«

Kurz nach Sonnenaufgang begab er sich an Deck. Die Meuterer lagen vorn allenthalben umher, die meisten noch in tiefem Schlaf. Clark schritt mittschiffs auf und ab. Kaum hatte er den Schiffer bemerkt, da kam er eilig achteraus.

»Die verabredete Stunde ist noch nicht da«, sagte er, »das tut aber nichts; wenn Sie bereits Ihren Entschluss gefasst haben, so teilen Sie mir ihn mit. Sie bleiben an Bord und werden der reichste Mann der Welt, nicht wahr?«

»Nein, wir haben beschlossen, in den Kutter zu gehen«, war die kurze Antwort.

Clark glaubte zuerst nicht recht gehört zu haben.

»O, Sie Tor, Sie Narr!«, rief er dann, nachdem er Johnston eine Weile aus seinen tiefliegenden Augen angestarrt hatte.

Er hob die geballten Hände in ohnmächtigem Zorn

empor und rang lange vergebens nach weiteren Worten. Endlich hatte er sich gefasst.

»Sei es denn«, sagte er. »Nun aber machen Sie, dass Sie von Bord kommen, ehe es zu spät ist. Ich meine es gut mit Ihnen; ich will diese Fahrt nicht beginnen mit Blut an meinen Händen. Noch ist kein Blut vergossen. Verproviantieren Sie Ihr Boot so schnell wie möglich, wenn Ihnen Ihr Leben lieb ist. Noch ist Croker nicht aufgewacht.«

Johnston ließ sich das nicht zweimal sagen. In kürzester Zeit befand sich alles Nötige an Bord des kleinen Fahrzeugs, auch das Fässchen mit dem Kompass. Clark stand in einiger Entfernung und sah der eifrig arbeitenden Kajütengesellschaft zu. Der Kapitän erschien mit dem Chronometer an Deck.

»Halt«, sagte der Goldsucher herzutretend. »Die Uhr muss an Bord bleiben. Wenn auch der Kapitän das Schiff im Stich lässt, so muss dieses dennoch navigiert werden.«

Schweigend setzte Johnston den Kasten an Deck nieder. Er hatte während der Nacht die Uhr um sechs Stunden zurückgestellt, so dass sie für jeden, der dies nicht wusste, unverwendbar war.

Die Meuterer hatten sich inzwischen ermuntert; sie interessierten sich anscheinend für das, was da achtern vorging. Als das in den Davits hängende Boot fertig zum Niederhieven war, kamen einige achteraus geschlendert.

»Es kann ja wohl nicht schaden, wenn wir helfen, den Kutter zu Wasser zu bringen, was, Keppen Clark?«, sagte einer. Clark nickte zustimmend.

»Klar zum Wegvieren!«, kommandierte er.

Der Doktor, die beiden Steuerleute, der Bootsmann, Bernhard, die drei Midshipmen, Pat und der Kajütsjunge kletterten hinein, der Bootsmann und der zweite Steuermann fassten die Riemen.

»Machen Sie, dass Sie fortkommen!«, flüsterte Clark dem Kapitän zu. »Croker ist aufgestanden und kommt achteraus.«

»Kommen Sie, Hauptmann!«, rief Johnston in die Kajüte hinab, dann glitt er an einer Leine in das bereits langseit schwimmende Boot hinunter.

Westall, der sich bis zum letzten Moment verborgen gehalten hatte, kam an Deck gestürzt; ehe er jedoch die Reling erreichen konnte, war Croker schon auf dem Platz.

»Da ist er ja!«, brüllte der Mordgeselle. »Schlagt ihn tot! Stecht ihn tot!«

Westall drehte sich um. Er hatte kaum Zeit, einen Koffeenagel aus der Nagelbank zu reißen, da sah er sich auch schon umringt. Drei schlug er nieder, da warf sich Croker mit geschwungenem Messer ihm entgegen. Ein schneller Schlag traf krachend seine Hand, das Messer flog in weitem Bogen über Bord; dann zersplitterte der Koffeenagel an seinem Schädel – er stürzte nieder wie ein unter der Axt des Schlächters zusammenbrechender Stier, und im nächsten Moment hatte Westall sich über die Reling geschwungen und neben dem Kapitän in den Sternschoten des Kutters niedergesetzt.

»Abstoßen!«, befahl der Letztere. »Anrojen! Vorwärts, vorwärts, ehe sie die Gewehre achteraus bringen!«

Während der Kutter in schnellster Fahrt das

aufschäumende Wasser durchschnitt, baute Westall aus den Brotsäcken in seinem Achterteil eine Verschanzung auf, die als Kugelfang dienen sollte. Bald knallte auch ein Schuss vom Schiff her, dann noch einer. Die Kugeln pfiffen über das Boot hinweg und schlugen zwanzig Schritt weiter ins Wasser.

Westall lachte. »Von solchen Schützen haben wir nicht viel zu fürchten«, sagte er.

»Warum sie nur das Achtergeschütz nicht gegen uns abfeuern«, sagte der Schiffer.

»Weil sie wohl herausgefunden haben, dass ich während der Nacht alle Geschütze vernagelt habe«, antwortete Westall.

Eine dritte Kugel traf das Wasser eine ganze Strecke hinter dem Boot.

Bernhard hatte des Kapitäns Teleskop, das man in einem Sack mit Reis verborgen, von Bord geschmuggelt, hervorgeholt und auf das Schiff gerichtet.

»Sie bringen das Großboot zu Wasser!«, rief er. »Sie wollen uns verfolgen!«

»Das habe ich gefürchtet«, sagte der Schiffer. »Sie haben entdeckt, dass der Kompass fehlt. Jetzt müssen wir uns wehren; wir haben drei Pistolen, dazu Munition im Überfluss. Ich wollte nur, wir hätten auch ein paar Gewehre.«

Dreizehntes Kapitel.

*Was unter den Duchten verborgen war. - Kampf und Sieg.
Die Mutter im Sturm. - Land!*

Das Großboot des *Jupiter* machte sich mit sechs Riemen an die Verfolgung der Flüchtlinge im Kutter, die nur zwei Riemen zur Fortbewegung ihres schweren Fahrzeugs zur Verfügung hatten. Es dauerte daher auch nicht lange, bis sich die Meuterer auf Rufweite genähert hatten. Sie gaben einige Schüsse ab, die Westalls Brotbackbollwerk trafen.

»Wir werden sie bald in Pistolenschussweite haben«, sagte der Kapitän.

»So nahe lassen wir sie hoffentlich nicht herankommen«, entgegnete Westall.

Johnston sah ihn ganz verwundert an, ehe er aber eine Frage äußern konnte, ertönte eine Stimme aus dem Großboot. Der Rufer war der ehemalige Bootsmann der *Bonnie Lassie*.

»Fastrojen!«, brüllte er. »Gebt den Kompass her, den ihr gestohlen habt, oder ich zerschieße euch die Planken, dass ihr wegsackt wie Ballasteisen!«

Keiner im Kutter antwortete. Gilbert und Graham legten sich nur umso kräftiger in die Riemen. Aber näher und näher kam das Großboot. Wieder trafen einige Schüsse den Wall der Brotsäcke.

»Jetzt sind wir an der Reihe«, sagte Westall ruhig. »Mr. Rick, bitte greifen Sie unter die vorderste Ducht und reichen Sie mir das Gewehr, das Sie dort finden werden. Doktor Maitland wird die Güte haben, das Gewehr unter der mittleren Ducht hervorzulangen«.

»Was!«, rief der Schiffer, »auch für Gewehre hat dieser

unvergleichliche Mann gesorgt?«

»Das ist ja meine Doppelbüchse!«, sagte der Obersteuermann erstaunt, als er die Waffe betrachtete, die unter der Ducht festgelascht gewesen war.

»Dann gehört die andere ganz sicher dem Steuermann Gilbert«, sagte der Kapitän.

»Ich muss um Verzeihung bitten, dass ich in der Nacht die Kammern der beiden Herren ausgeraubt habe«, sagte Westall. »Wollen Sie nun so gut sein und wieder laden, wenn ich die Büchsen abgeschossen habe?«

»Wird besorgt!«, rief Keppen Johnston freudig. »Jetzt lasst sie nur kommen!«

Und sie kamen. Eine Kugel pfiff auf Steuerbord am Kutter vorbei. Westall legte die Doppelbüchse auf sein Bollwerk von Brotsäcken, zielte und schoss kurz hintereinander beide Läufe ab.

Bernhard beobachtete die Wirkung der Schüsse. Der erste fällte den das Großboot steuernden Matrosen, der zweite traf einen anderen, der eben im Begriff gewesen war, auf den Kutter zu feuern. Er brach zusammen und sein Gewehr fiel ins Wasser.

Der Bootssteurer hatte in seinem Sturz die Ruderpinne herumgerissen, so dass das Boot jetzt seine Breitseite dem Kutter zukehrte. Das war ein günstiger Zufall für unsere Freunde. Westall griff nach der zweiten Büchse und schoss den Mann am Schlagriemen über den Haufen. Gilberts Büchse hatte nur einen Lauf; ungeduldig langte er daher nach dem Doppelläufer, den der Schiffer soeben wieder geladen hatte.

Der nächste Schuss machte einen Meuterer kampfunfähig, der andere zerschmetterte den Schaft eines

Gewehrs, das der Bootsmann der *Bonnie Lassie* soeben auf den Kutter gerichtet hatte.

»Jetzt los auf die Kerle!«, rief der Schiffer, das Ruder herumreißend. »Streichen, Bootsmann, anrojen, Gilbert! Jetzt wird der Spieß umgekehrt!«

Brausend schoss der Kutter auf das Großboot zu, dessen Mannschaft sich noch nicht von ihrer Verwirrung erholt hatte. Auf eine Entfernung von kaum noch zwanzig Schritt kamen des Kapitäns, des Doktors und des Obersteuermanns Pistolen zur Geltung; einer der Ruderer fiel unter die Ducht und das Geschrei der anderen bewies, dass noch mehr Kugeln getroffen hatten.

Jetzt aber gelang es den drei noch übrig gebliebenen Meuterern, das leichte Großboot wieder in Fahrt zu bringen, der Kutter blieb bald zurück und die letzten Schüsse seiner tapferen Besatzung erreichten die Fliehenden nicht mehr.

»Fastrojen!«, rief der Schiffer. »Jetzt können wir uns ausruhen.«

»Schade, dass wir's nicht mit der ganzen Meutererbande zu tun gehabt haben«, bemerkte der Doktor.

»Jammerschade«, stimmte der Kapitän zu; »aber man kann nicht alles Gute der Welt auf einmal genießen, wie Pat sagt. Wenn das Schiff aus Sicht ist, setzen wir den Kurs auf West, dann begegnen wir wohl einem Fahrzeug, das von Kalkutta oder aus den chinesischen Gewässern nach dem Kap segelt.«

Nach wenigen Stunden waren nur noch die Toppen des *Jupiter* über dem Horizont sichtbar.

Traurig hielt Johnston die Blicke auf jenen Teil der Kimmung gerichtet.

»Sie glauben, dass Sie Ihr schönes Schiff nicht

wiedersehen werden, Kapitän«, sagte Bernhard. »Aber grämen Sie sich nicht; ich bin fest überzeugt, dass wir alle Sie noch einmal froh und vergnügt auf Ihrem eigenen Kampanjedeck werden begrüßen können.«

Johnston schüttelte stumm den Kopf.

Auch Westall blickte trübe nach derselben Richtung.

»Woran denken Sie, Hauptmann?«, fragte ihn der Doktor. »Sind Sie nicht glücklich, dem Schiff entronnen zu sein, das Ihr Gefängnis gewesen war?«

»Ich dachte eben daran, dass auf jenem Schiff der Mann zurückgeblieben ist, der allein meine Schuldlosigkeit beweisen kann und der nun für immer aus meinem Bereich entschwunden ist.

Zwei Tage lang ruderten die Insassen des Kutters ununterbrochen, sie lösten einander regelmäßig ab, auch der Schiffer und seine Offiziere schlossen sich von dieser Arbeit nicht aus.

Der Kurs war West, die Windstille hielt noch immer an. Unerbittlich brannte die Sonne vom Morgen bis zum Abend vom wolkenlosen Himmel hernieder, man kam in der erschlaffenden Hitze nur langsam vorwärts, so dass am Ende der zweiten vierundzwanzig Stunden von der Strecke bis zum Kap kaum hundert Seemeilen zurückgelegt worden waren.

Als Bernhard an die noch zu durchmessende Entfernung dachte, wurde ihm das Herz schwer wie Blei und es erschien ihm unmöglich, dass auch nur einer der Bootsgenossen das Land lebendig erreichen könnte.

Am Abend des dritten Tages, als die Sonne eben unterging, zeigte sich ein leichtes Wölkchen oberhalb der westlichen Kimmung. Das war ein willkommenes Zeichen.

»Das Wetter wird sich ändern, denke ich«, sagte der Schiffer. »Wahrscheinlich gibt's Wind, hoffentlich aber nicht mehr, als der Kutter vertragen kann.«

Die Sonne verschwand und die Nacht mit ihren unzähligen Sternen zog herauf. Der neue Mond zeigte sich wie ein dünner silberner Bogen am Firmament und ein großer heller Planet strahlte fast unmittelbar zwischen den Spitzen seiner Hörner. Die glatte See spiegelte dieses seltsam schöne Bild wieder.

Um Mitternacht erwachte Bernhard mit dem Gefühl, als stürze er in einen Abgrund hinab. Bald erkannte er die Ursache dieser Empfindung. Der Kutter hob und senkte sich mit den hochgehenden Wogen. Er richtete sich auf – ein kühler Wind wehte ihm ins Gesicht. Vor dem Bug brauste das schäumende Wasser – er meinte niemals eine lieblichere Musik gehört zu haben.

Die Segel standen, in fliegender Fahrt stürmte der Kutter vorwärts. Der Kapitän saß am Ruder, der Bootsmann hielt die Großschot in der Hand.

»Wie ist der Wind?«, fragte Bernhard.

»Nordost«, antwortete Keppen Johnston. »Wenn er eine Weile so anhält, dann können wir bald nach dem Tafelberg Ausguck halten.«

Aber der Wind änderte sich. Noch ehe die Frühstücksrationen ausgeteilt waren, war er nach Süden herumgeschralt, so dass der Kutter beidrehen musste. Gegen Mittag nahm er so viel Wasser über, dass der Kapitän es für geraten hielt, mit doppelt gereeftem Großsegel vor dem zum Sturm angewachsenen Wind zu lenzen, obgleich man dadurch weit vom Kurs abkam.

Gegen Abend flaute der Wind ab und es wurde beinahe

wieder ganz still, die See aber blieb hoch. Als es finster geworden war, zeigte sich heftiges Wetterleuchten, dann zog schnell ein Gewitter herauf, Blitze zuckten in allen Richtungen und die Donnerschläge krachten fast ohne Pause. In ungeheuren Massen strömte der Regen hernieder und dann brach ein Orkan los, so plötzlich, dass das kleine Fahrzeug unter seiner Wucht gekentert wäre, wenn man nicht rechtzeitig alle Leinwand geborgen hätte.

Trotzdem stürzten die Seen wie hungrige Wölfe über den Kutter her, so dass alle Mann unaufhörlich und mit größter Anstrengung das hereingeschlagene Wasser wieder ausschöpfen mussten, wenn er nicht wegsacken sollte.

Unter einem kleinen Sturmstagsegel lief das Fahrzeug die ganze Nacht glatt vor dem Wind nach Norden. Dem bis auf die Haut durchnässten Bernhard klapperten die Zähne vor Frost, das Wasser im Boot ging ihm bis über die Knöchel, der Rücken schmerzte ihm vor dem stundenlangen Ausschöpfen, und fast wollte es ihn dünken, als ob das Rojen in der Gluthitze der Windstille doch angenehmer gewesen sei, als dieser Zustand.

Vor Erschöpfung schlief er endlich ein, obgleich die über die Reling kommenden Spritzer alle Augenblicke auf ihn niederprasselten.

Laute Rufe seiner Gefährten erweckten ihn wieder. Schlaftrunken öffnete er die Augen und er hob den Kopf, zu erforschen, was es gäbe.

Im grauen Schein der Morgendämmerung sah er die Männer lebhaft nach vorn deuten; der Kapitän stand aufrecht und blickte durch das Teleskop nach derselben Richtung.

Bernhard verspürte jedoch keine Neugierde. Er befand

sich in einem Zustand der Erschöpfung, wo man für nichts mehr Interesse empfindet. Er sank zurück und lag sogleich wieder in tiefstem Schlaf.

Als er erwachte, lag das Boot ganz still. Er musste sehr lange geschlafen haben, denn es dauert viele Stunden, ehe eine vom Sturm aufgewühlte See sich wieder so gänzlich beruhigen kann. Er raffte sich auf und schaute über den Dollbord. Träumte er?

Nein, er träumte nicht. Das Boot hatte Land erreicht und lag in einer engen Felsenbucht. Im Hintergrund stieg das Land steil empor und auf seiner Höhe stand eine Reihe vereinzelter Bäume, meist Palmen.

»Well, my boy«, redete Keppen Johnston ihn lachend an. »Was sagen Sie nun? Jetzt können wir uns wieder mal die Füße vertreten und die Beine ordentlich ausrecken, was?«

»Wo sind wir?«, fragte Bernhard, der noch nicht recht zur Besinnung gekommen war.

»Das weiß ich so wenig wie Sie«, war die Antwort.

Vierzehntes Kapitel.

Das Deckhaus auf dem Berg. - Warum Bernhard einen Freudenruf ausstieß. - Der Segler dort ist der »Jupiter!« Die Meuterer an Land. - »Es muss gehen!« - Warum der Schiffer die Hände gen Himmel streckt. - »Schiff in Sicht!«

Das Land erwies sich als eine Insel, die nicht auf der Karte angegeben war.

Obgleich die Brotvorräte sorglich mit Presennings zugedeckt gewesen waren, so hatten der Regen und das Seewasser doch einen Teil davon durchnässt; Pat begrüßte daher die Gelegenheit, die Säcke an Land zu schaffen und ihren Inhalt im Sonnenschein ausbreiten und trocknen zu können. Selbstverständlich legten alle Mann dabei Hand an. Danach machten Bernhard, der Doktor und der junge Hopkins sich auf eine Entdeckungsreise in das Innere der Insel.

Sie verließen die Felsen des Strandes und erstiegen den Abhang, auf dessen Höhe die spärlichen Bäume standen. Das dauerte ziemlich lange und wie der Doktor erwartet hatte, konnte man von hier oben aus mit Leichtigkeit das ganze Eiland überblicken, das in seinem ausgedehntesten Teil kaum mehr als eine Seemeile im Durchmesser hatte. Seine Gestalt war ganz unregelmäßig, das Erdreich fast nichts als Sand, der allenthalben, sogar wo die Bäume standen, mit Muscheln vermischt war.

Hier und da ragte Felsgestein aus dem Sandboden und an einer Stelle rieselte aus einer Steinspalte eine kleine Quelle hervor, deren Wasser den Abhang hinunterrann und sich am Strand verlor.

Auf der anderen Seite der Insel erstreckten sich zwei

Reihen hoher Klippen von dem sandigen Strand eine Strecke weit in die See hinaus und bildeten eine kleine Bai, die an ihrem Eingang etwa dreihundert Schritte breit war. Der Strand wimmelte hier von Schildkröten und auf den Klippen nisteten zahllose Seevögel.

Während der Doktor und Hopkins abwechselnd durch das Teleskop die Bai und ihre Umgebung überschauten, ließ Bernhard seine Blicke über die Insel schweifen und entdeckte bald hinter einer Felsengruppe am oberen Rand eines sandigen Abhangs einen dunklen Gegenstand, der ihm wie ein Teil einer von einem Pfosten herabhängenden Presenning erschien.

»Ich möchte wissen, was das ist«, sagte er, den Doktor darauf aufmerksam machend.

»Hm«, erwiderte dieser, »das sieht beinahe aus wie – kommen Sie, wollen uns das Ding näher betrachten.«

Bald hatten sie die Felsengruppe erreicht und umschritten. Was Bernhard für eine hängende Presenning gehalten hatte, erwies sich als die Ecke eines Schiffsdeckhauses, das hier in seiner ganzen Größe und fast unversehrt auf dem unebenen Sand halbwegs zwischen der Felsengruppe und dem Rand des Abhangs vor ihnen stand.

»Merkwürdig!«, sagte der Doktor. »Außerordentlich merkwürdig! Wie kommt das Ding hier auf diese Höhe? Hundert Männer hätten nicht ausgereicht, es hier heraufzuschleppen. Das ist die Tür; hinein können wir nicht, ohne den Sand fortzuschaffen, in dem sie halb vergraben ist.

Den wenigen kleinen Fenstern fehlten die Glasscheiben. Hopkins und Bernhard steckten vorsichtig die Köpfe hinein. Sie nahmen nichts wahr, als einige Kojen und einen dumpfigen Schimmelgeruch.

»Höchst merkwürdig!«, sagte der Doktor noch einmal, und nach einem abermaligen Rundblick und einem Trunk aus hohler Hand an der Quelle machten sich die drei Entdeckungsreisenden wieder auf den Rückweg.

Nach dem Frühstück, das Pat über einem in einer Felsspalte angezündeten Feuer aus den mitgebrachten Vorräten bereitet hatte, wurde Rat gehalten, was unter den obwaltenden Umständen am besten zu tun sei.

Kapitän Johnston schilderte in kurzen Worten ihre Lage und Aussichten. Vorläufig befänden sie sich in Sicherheit, da aber die Insel außerhalb der Schifffahrtsstraßen des Indischen Ozeans gelegen war, so könnten sie jahrelang hier an Land bleiben, ohne erlöst zu werden. Der mitgeführte Proviant würde höchstens für zwei Monate reichen, und wenn sie auch mit den Schildkröten, den Austern und den Vogeleiern, die es auf der anderen Seite der Insel in Fülle gäbe, ihr Leben auf lange hinaus fristen könnten, so würden sie dieser Nahrung doch bald überdrüssig werden.

»Je eher wir daher unsere Fahrt fortsetzen, desto besser wird es für uns sein«, fügte er hinzu. »Wir wollen nur so lange hierbleiben, bis wir uns gründlich erholt und so viel neue Kraft gesammelt haben, dass wir's aushalten, bis wir nach Kapstadt kommen.«

»Oder einem Schiff begegnen«, sagte der Doktor.

Die Erholungszeit wurde unter der Zustimmung aller Anwesenden auf zwei Tage festgelegt. Nach dem dritten Frühstück auf der Insel sollte es mit frischen Kräften wieder auf die Reise gehen.

Jeder einzelne der Bootsmannschaft stattete im Lauf des Tages dem Deckhaus auf der Höhe des Berges seinen Besuch ab. Bernhard und Hopkins vergnügten sich mit Schildkrötenfang und dem Sammeln von Austern am jenseitigen Strand. Der Schiffer entwarf eine Karte der Insel.

Am Nachmittag machte man die Wahrnehmung, dass der Unterschied zwischen den Gezeiten hier ein außerordentlich großer war; der Kapitän schätzte ihn auf mindestens dreißig Fuß. Er glaubte hierin eine Erklärung für das Vorhandensein des Deckhauses oben auf der Höhe der Insel zu sehen.

Noch ein anderer Vorgang erregte sein und seiner Genossen Aufmerksamkeit und Staunen. Gegen Sonnenuntergang erhob sich plötzlich eine ungeheure Brandung längs der ganzen Küste der Insel. Gewaltige Roller stürmten von allen Seiten heran; das Getöse, das sie verursachten, glich mehr dem Donner einer Kanonade, als dem gewöhnlichen Brandungsgeräusch. Keiner erinnerte sich, jemals etwas ähnliches vernommen zu haben, nicht einmal der erfahrungsreiche Hopkins.

Die Roller schienen aus der Tiefe des Ozeans zu kommen, denn die Oberfläche der See weiter draußen und bis an den Horizont war glatt, nur hier und da von der leichten Abendbrise ein wenig gerippelt.

Der Doktor meinte, dass die Insel ein Teil einer unterseeischen vulkanischen Bodenerhebung sein könne, der vielleicht gerade an einem Punkt, wo zwei starke Strömungen aufeinanderträfen, emporgestoßen worden sei. Dadurch fänden vielleicht sowohl der ungewöhnlich große Unterschied zwischen Hochwasser und Niedrigwasser, wie auch die merkwürdigen Roller ihre Erklärung.

Die Nacht brachte die Bootsgesellschaft oben unter den Bäumen unter Zelten zu, die aus Segeln und Presennings hergerichtet worden waren. Während der folgenden beiden Tage fingen Bernhard, Hopkins, Jennings und Russell eine große Anzahl an Schildkröten, Pat und sein Kajütsjunge schlachteten die zählebigen Amphibien und breiteten das Fleisch in der heißen Sonne zum Trocknen aus, um es als Dörrfleisch mit auf die Reise zu nehmen.

In der Morgenfrühe des dritten Tages war Bernhard zuerst auf den Beinen. Er ging zu der leise plätschernden Quelle, tat einen tiefen Trunk und badete Kopf, Hals, Brust und Arme in dem klaren erfrischenden Nass. Dann schlenderte er zum Abhang und ließ sich von der Morgenbrise umwehen.

Plötzlich stieß er einen Freudenruf aus – sein schweifendes Auge hatte die weißen Segel eines Schiffes erspäht.

Der unerwartete Anblick fesselte ihn einige Minuten, dann wendete er sich um und rannte zu den Zelten.

»Schiff in Sicht!«, rief er und riss die Leinwand zurück. »Es ist kaum noch ein paar Meilen entfernt und hält direkt auf die Insel zu!«

Die Schläfer fuhren auf.

»Was?«, schrie ein halb Dutzend Stimmen zugleich. Was? Ein Schiff?«

»Ja, ein Schiff«, antwortete Bernhard. »Von der Höhe dort können Sie es sehen, ein großes Schiff kommt mit mindestens fünf Knoten Fahrt platt vor dem Wind dahergesegelt!«

In größter Hast verließen alle Mann ihre Schlafstätten, liefen der von Bernhard bezeichneten Stelle zu und brachen, dort angelangt, in ein lautes jubelndes Geschrei aus.

In einer Entfernung von etwa fünf Meilen im Luv der

Insel zeigte sich ein großes Fahrzeug, ob Vollschiff oder Bark, war nicht zu erkennen, da es direkt vor dem Wind auf die Insel zulief.

»Was mag den Segler in diese abgelegene Gegend geführt haben?«, sagte der Doktor.

»Das soll uns vorläufig gleich sein«, erwiderte der Schiffer. »Jedenfalls darf er uns nicht im Stich lassen und vorbeilaufen. Wir müssen ein Feuer anmachen und möglichst viel Rauch entwickeln, damit er uns sieht; ist er näher gekommen, dann signalisieren wir ihm. Vorwärts also, alle Mann Brennmaterial suchen!«

In kurzer Zeit hatten die Bootsgenossen auf dem höchsten Punkt des Bergkammes einen großen Haufen verdorrter Palmblätter, trockener Zweige und welken Grases zusammengetragen. Westall allein hatte sich an dieser Arbeit nicht beteiligt, sondern nur immer unverwandt nach dem Schiff geblickt.

Eben sollte der Haufen in Brand gesteckt werden, da redete er einige Worte zu Kapitän Johnston, die diesen sichtlich erschreckten. Er sah zu dem Segler hinüber und rief dann Hopkins heran.

»Holen Sie mir mein Glas aus dem Boot«, befahl er diesem, »aber laufen Sie, so schnell Sie können!« Und zu Pat gewendet, der soeben mit einem Bündel schwelenden Grases auf den Haufen zuging, setzte er hastig hinzu: »Noch nicht anzünden, Steward!«

Bernhard blickte erstaunt den Obersteuermann an.

»Was mag das bedeuten, Mr. Rick?«, fragte er.

»Das werden wir bald erfahren«, war die Antwort.

»Vielleicht meint der Kapitän, dass der fremde Segler ein Seeräuber sein könnte«, bemerkte Midshipmen Jennings.

Westall, Johnston und Maitland standen abseits und redeten miteinander in geheimnisvollem Flüsterton, bis Hopkins ganz außer Atem wieder auf der Höhe erschien, des Schiffers großes Teleskop unter dem Arm.

Johnston stellte den Tubus sorgfältig ein und richtete ihn dann auf das Schiff. Nach wenigen Sekunden hatte er genug gesehen.

»Sie haben recht!«, rief er Westall zu. Ein großes Glück, dass Ihnen der Gedanke gekommen war! Hier ist das Glas – sehen Sie selber!«

Westall hob das Rohr ans Auge und reichte es dann dem Doktor, der länger hindurchblickte, als die anderen.

»Ein Irrtum ist ausgeschlossen«, sagte der Schiffer. »Gentlemen, der Segler dort ist der *Jupiter*; geht er hier zu Anker, dann müssen wir uns auf das Schlimmste gefasst machen.«

»Was?«, rief Bernhard. »Der *Jupiter* ist es? Und ich hatte mich schon gefreut, der Überbringer einer frohen Botschaft gewesen zu sein!«

»Sie sind unser Retter geworden«, entgegnete der Doktor, »denn Sie haben uns durch Ihr Frühaufstehen davor bewahrt, von den Meuterern überrumpelt zu werden. Jetzt sind wir wenigstens vorbereitet, will's Gott, gelingt uns auch, den Verbrechern zu entgehen.«

»Das wollen wir hoffen«, sagte Westall. »Wir müssen uns verbergen und auch den Kutter in ein Versteck bringen. Gelingt uns das, dann haben wir nichts zu fürchten. Entdecken sie uns aber, dann setzen wir uns im Deckhaus fest und verteidigen uns bis auf den letzten Blutstropfen!«

»Recht, Hauptmann«, sagte der Schiffer. »Es fragt sich nur jetzt, ob sie wirklich landen wollen.«

»Daran ist nicht zu zweifeln«, war des Obersteuermanns Ansicht; »sie steuern direkt auf uns zu.«

»Machen wir uns also ans Werk«, sagte Johnston. »Ins Deckhaus mit dem Proviant, den Waffen und der Munition. Das Boot liegt sicher genug zwischen den Felsen, denke ich. Vorwärts, Freunde!«

Nach Verlauf einer Stunde war alles, was man aus dem Kutter an Land geschafft hatte, im Deckhaus untergebracht. Die Waffen lagen handgerecht. Der Schiffer, der Doktor, Westall und Bernhard lugten vorsichtig über die Felsen, hinter denen sie sich verborgen hielten, die anderen krochen, von dem Bergkamm gedeckt, bald nach diesem, bald nach jenem Aussichtspunkt, und alle redeten unwillkürlich nur flüsternd miteinander.

Das Schiff kam näher und näher. Bald wurden auch allerlei altbekannte Töne und Geräusche vernehmbar, die von der Handhabung des Schiffes unzertrennlich sind – das Poltern an Deck niedergeworfenen Tauwerks, das Aussingen der an den Leinen reißenden Matrosen und die laut gebrüllten Kommandos. Einige Leute lagen auf den Bramrahen, die Segel festzumachen. Keppen Johnston beobachtete sie durch sein Glas und schalt über die liederliche Arbeit der Kerle.

»Als ich noch an Bord war, hatte ich die Halunken anders im Zug!«, brummte er. »Aha, da steht Clark in der Großrüst und hievt das Lot. Warum hat er das nicht schon vorher getan? Nennt sich Navigator und Schiffsführer und segelt auf ein fremdes Eiland los, ohne zu loten! Was denkt sich der Esel? Will er das Schiff auf den Strand setzen?«

Jetzt luvte das Schiff in den Wind auf.

»Sie wollen zu Anker gehen!«, rief Keppen Johnston mit

unterdrückter Stimme. »Hol mich dieser und jener, das war ja bloß ein Warpanker an einer Manilatrosse! Das Gesindel ist zu faul, sich mit dem großen Buganker und der schweren Kette zu placken! Wenn die Strömung einsetzt, und das wird innerhalb einer halben Stunde geschehen, dann reißt sie den Kasten mit fort als wär's ein Stück Kork! O die verdammten Dummköpfe!

»Sie haben keinen Kapitän an Bord, oder vielmehr, es scheint da jeder Kapitän zu sein«, sagte Westall. »Sehen Sie doch, wie sie mit den Marssegeln hantieren! Die Faulpelze machen sich so wenig Arbeit wie möglich.«

Das Schiff lag kaum fünfhundert Schritt vom Strand, unmittelbar vor dem Eingang der kleinen Bai; die Meuterer schienen ihre Position für völlig sicher zu halten.

Nach einer Weile sahen die Beobachter, die von der Höhe ihres Berges keinen Blick von dem Schiff verwandten, wie das Großboot zu Wasser gebracht wurde und dann unter Geschrei und Gelächter so viele von den Meuterern hineinsprangen, dass es beinahe wegsank. Sie ruderten dem Strand zu, hier angelangt, rannten und sprangen sie wie Tollhäusler im Sand hin und her, zwei allein ausgenommen, denn diesen hatte man, wie der Schiffer durch sein Glas erkennen konnte, die Hände auf dem Rücken gefesselt.

»Warum sie die beiden wohl gebunden haben?«, sagte er. »Hat es eine zweite Meuterei an Bord gegeben, eine Empörung gegen Kapitän Clark?«

»Das ist sehr möglich«, entgegnete Westall, das Glas ans Auge bringend. »Die beiden gehörten zu der Mannschaft der *Bonnie Lassie*, einer davon ist mein ehemaliger Bursche, Kade.«

»Warum sie sie dann wohl nicht gleich an Bord

totgeschossen haben«, wunderte sich der Schiffer; »das wäre doch ...«

»Da kommt noch ein Boot!«, unterbrach ihn der Doktor. »Und da springen auch noch Kerle über Bord und kommen an Land geschwommen!«

»Und Clark droht ihnen vom Strand wütend mit der Faust«, sagte Johnston; »jedenfalls weil nun keine Seele mehr an Bord und das Schiff ohne Wache ist; ich sehe wenigstens niemanden mehr an Deck. Wenn jetzt das Ankerkabel reißt ...«

»Keine Seele mehr an Bord«, wiederholte Westall und schaute dem Kapitän groß und starr ins Gesicht, als sei ihm plötzlich ein Gedanke gekommen. »Donnerwetter! Keppen Johnston – wie wär's, wenn wir jetzt eine Mannschaft an Bord des *Jupiter* brächten?«

»Und uns das Schiff wiedernähmen – Hauptmann Westall – Donnerwetter!«

Dem Kapitän schoss das Blut ins Antlitz und seine Augen blitzten.

»Ja«, sagte Westall. »Was hindert uns daran? Kein Teufel an Bord. Soeben beginnt die Ebbe, das Schiff spürt sie bereits. Wenn wir in einer halben Stunde an Bord sind, dann brauchen wir die Trosse nicht zu kappen, dann reißt sie von selber. Wie denken Sie? Wollen wir's versuchen?«

»Einen Augenblick ...«, erwiderte der Schiffer heiser; er vermochte vor Aufregung kaum zu reden.

Vom Strand kam das wüste Lachen und Brüllen der Meuterer herauf.

»Es geht, es muss gehen!«, murmelte der Doktor vor sich hin.

»Es muss gehen!«, wiederholte der Schiffer fest und

entschieden; seine Aufregung war verschwunden. »Das Wasser fällt, die beiden Boote sitzen bereits auf Grund. Die Kerle brauchten jetzt mindestens zehn Minuten, wieder an Bord zu kommen.«

»Unser Kutter ist noch flott – vorwärts, hinunter!«, drängte Westall. »Sagen Sie den anderen Bescheid und holen Sie bitte die Waffen aus dem Deckhaus. Und dann ins Boot, so schnell wie möglich! Ich bleibe hier oben und beobachte die Kerle bis zum letzten Moment.«

Er redete noch, da waren die anderen bereits davongeeilt und gleich darauf sah er die ganze Schar – den Kapitän, die Steuerleute, den Bootsmann, Bernhard, Hopkins, Jennings, Russell, Pat und den Kajütsjungen in fliegender Hast die Abhänge hinunter und der Stelle zurennen, wo der Kutter im tiefen Wasser zwischen den schützenden Felsen lag.

Er richtete die Blicke wieder auf die Meuterer. Einige wollen an Bord zurückkehren, das ersah er aus ihren Gebärden, die große Mehrzahl aber verlachte und verhöhnte sie, und nun begann die ganze Bande den Berg zu ersteigen. Vorsichtig schlüpfte er aus seiner Deckung, lief den entgegengesetzten Abhang hinunter und war in wenigen Minuten bei seinen Gefährten am Boot. Sie hatten den gesamten Proviant im Deckhaus gelassen und nur die Waffen und die Munition geholt.

»Fort, fort«, rief er. »Sie sind jenseits schon halb oben! Wir haben kaum noch zehn Minuten für unsere Aufgabe übrig.«

»Zeit genug«, entgegnete Keppen Johnston ruhig. »Sind wir erst mit dem Schiff in der Strömung, dann können sie uns nachflöten.«

Sie stießen ab. Ehe sie auf den *Jupiter* abhielten, rojten sie an die Stelle längs der hohen Klippen der Küste hin; kaum aber steuerten sie in das offene Wasser hinaus, da erscholl auf der Höhe unter den Bäumen ein wildes Geschrei, Äußerungen der Überraschung und der ohnmächtigen Wut. Jetzt kam der Kutter in die Strömung, die ihn direkt auf das Schiff zuführte.

»Kein Mensch an Bord zu sehen!«, rief Bernhard, der im Bug stand.

»Nein«, antwortete der Obersteuermann, »aber die an Land schieben das Großboot ins Wasser.«

»Mögen sie«, entgegnete der Schiffer. »Um zum Schiff zu kommen, brauchen sie mindestens eine Viertelstunde. Wenn nur die Trosse nicht reißt, bevor wir an Bord sind; das ist meine einzige Sorge.«

»Für die Trosse bürge ich«, sagte der Bootsmann, »die ist aus bestem Manilahanf und ganz neu.«

»Stehen Sie mit der Fangleine klar da vorn, in die Fockrüst zu springen, hören Sie, Bernhard?«, rief der Schiffer gleich darauf.

»All right, Sir«, antwortete der junge Mann; im nächsten Moment sprang er, im Nu hatte er die Fangleine an einem der Taljereepen festgemacht und sich dann allen anderen voran über die Reling an Deck geschwungen. Die übrige Bootsgesellschaft folgte ihm in Eile.

»Gott sei Lob und Dank!«, rief der Schiffer aus tiefster Brust und streckte die gefalteten Hände zum Himmel.

Da aber trat auch schon der Bootsmann an ihn heran.

»Sollen wir die Trosse kappen?«, fragte er.

Der Schiffer blickte nach dem Land. Die Meuterer hatten das Großboot noch nicht bis zur Wasserkante schaffen können.

»Es wäre schade um das gute Tau und auch um den Warpanker«, antwortete er. »Nehmen Sie es um das Gangspill, wollen's einhieven, wir haben noch Zeit genug dazu. Alle Mann hiev Anker!«

Fröhlich eilten alle Mann an das Spill, setzten die Handspeichen ein und bald kroch das triefende Manilatau wie eine glitzernde Schlange zur Ankerklüse herein und über das Deck. Hätten die Meuterer den großen Buganker und die schwere Kette verwendet, dann wäre unseren Freunden das Aufhieven nicht so leicht geworden.

Noch ehe die Trosse kurzgehievt war, stieß das Großboot vom Land ab und kam mit vier Riemen und etwa einem Dutzend Kerlen an Bord auf den *Jupiter* zu. Clark saß am Steuer. Als es auf zweihundert Schritte herangekommen war, wurde es von Keppen Johnston angepreit.

»Boot ahoi!«, rief er. »Fastrojen! Bleibt uns vom Leib, oder wir knallen euch nieder, einen nach dem anderen!«

Die Ruderer im Boot hielten an, legten sich aber, auf Clarks wütendes Schelten bald wieder in die Riemen.

Westall nahm die Doppelbüchse zur Hand.

»Ich kann kalten Blutes auf die Kerle nicht schießen«, sagte er, »ich werde auf das Boot halten.«

Er zielte und feuerte. Die Kugel traf den Bug des Bootes in der Wasserlinie. Die Ruderer hielten inne und im nächsten Moment trieb das Fahrzeug mit der Strömung breitseits davon. Das Gebrüll der Meuterer und das Schelten Clarks wurde in der Ferne schwächer und schwächer.

»Der Anker ist auf und nieder!«, verkündete der Bootsmann, was so viel bedeutete wie »der Anker ist aus dem Grund.«

Der Schiffer sprang achteraus ans Ruder, das Schiff

sprang herum und folgte dem Zug der gewaltigen Ebbeströmung.

Die von den Meuterern so liederlich behandelten Segel wurden getrimmt und die Rahen ordnungsgemäß gebrasst, und als die kleine Mannschaft dies alles vollbracht und auch den Klüver gesetzt hatte, da war von dem Eiland nur noch ein schwacher Schimmer zu sehen und der *Jupiter* durchfurchte auf südwestlichem Kurs die blaue, mit unzähligen Schaumkämmchen bedeckte Flut, seinem eigenen Kapitän am Ruder und seinem eigenen Kompass im Wachthaus, während eine stetige nördliche Brise die Segel füllte.

Der Doktor zog seinen Rock wieder an, den er bei der Matrosenarbeit abgelegt hatte.

»Hauptmann Westall«, sagte er dann zu diesem, »gestatten Sie mir, Ihnen meine Bewunderung auszusprechen, Sie haben immer den rechten Gedanken zur rechten Zeit. Ohne Ihre Anregung, uns des Schiffes wieder zu bemächtigen, wären wir jetzt wahrscheinlich in einem hitzigen Gefecht mit den Halunken auf der Insel.«

»Mein verehrter Herr Doktor«, antwortete Westall, »wenn die Anregung nicht von mir gekommen wäre, dann wäre sie sicher von Ihnen oder von dem Kapitän oder von irgendjemand anderem ausgegangen. Die Sache lag ja auf der Hand. Aber betrachten Sie, bitte, jene Flecke dort auf den Decksplanken, ob das wohl Blutsflecke sind?«

Ein großer Teil des Decks wies eine Menge verdächtiger dunkler Stellen auf. Der Doktor betrachtete sie und erklärte sie für Blutsflecke.

»Die alte Geschichte«, sagte er. »Meuterer, die sich gegen Ihre Vorgesetzten empören, geraten auch untereinander bald in Streitigkeiten, und Blutvergießen ist dann die unausbleibliche Folge. Und der verrückte Mensch, der Clark, bildete sich ein, ein solches Gesindel, wie hier an Bord dieses Schiffes war, unter seine Botmäßigkeit bringen zu können! Er ist verloren wie sie alle.«

Jetzt trat Bernhard an die beiden heran und meldete händereibend, dass es sogleich etwas zu essen geben würde; Pat sei eifrig in der Kombüse beschäftigt, und was er in seinen Töpfen habe, röche prachtvoll.

»Ich möchte wohl wissen, was Keppen Johnston zunächst vorhat«, setzte er hinzu.

»Zunächst hat er die Absicht nach Kapstadt zu segeln«, antwortete der Doktor, »lieber aber wär's ihm, wenn wir schon vorher, und zwar möglichst bald einem Kriegsschiff begegneten, gleichviel welcher Nation, das würde uns, auf Ansuchen, nach internationalem Seegebrauch eine Hilfsmannschaft an Bord geben und uns nach der Insel zurückbegleiten, um die dort in der Falle sitzenden Verbrecher zu fangen und dem Gericht auszuliefern.

»Aber die Kerle haben noch zwei Boote«, warf Bernhard ein.

»Ganz recht«, entgegnete der Doktor. »Wenn sich in diesen beiden Booten etwa zwanzig Mann davonmachen, dann begnügen wir uns mit dem Rest, der dann immer noch etwa fünfzig Mann zählen wird.«

»Wenn die Bande aber inzwischen verhungert ist?«

»Deswegen können wir ohne Sorge sein«, lächelte der Doktor, »die Schildkröten, die Austern und die Vogeleier reichen aus, ihnen auf viele Monate das Leben zu fristen, und zwar reichlich. Doch da kommt Pat; er ruft zum Essen.«

Nach eingenommenem Frühmahl wurde das Deck

gewaschen und das Schiff mit Teer gründlich durchräuchert. Der Kapitän und der Obersteuermann hielten es nicht für ratsam, mehr Segel zu setzen, als gegenwärtig standen. Am vierten Tag musste sogar noch einige Leinwand geborgen werden, da der Wind auffrischte.

Bei dieser Gelegenheit musste Bernhard zum ersten Mal mit nach oben; es war aber auch das letzte Mal. Denn als er mit den drei Midshipmen auf der Großmarsrah lag, entdeckte er über dem Steuerbordbug ein Segel.

»Schiff in Sicht«, grölte er mit der mächtigen Stimme eines altbefahrenen Seemannes und brachte dadurch die Herzen aller seiner Gefährten zum schnelleren schlagen.

»Schiff in Sicht, vier Strich Steuerbord voraus!«

Fünfzehntes Kapitel.

S.M. Dampffregatte »Gazelle«. - Zwanzig blaue Jungen an Bord des »Jupiter« - Seekadett Normann. - Warum Bernhard schluchzte. - Nochmals die Insel. - »Befinden wir uns vielleicht auf einer unrichtigen Insel?« - Was Bernhard und Westall im Deckhaus fanden. - Warum auch Westall die Hände zum Himmel hob.

Der Kapitän hielt den *Jupiter* auf seinem Kurs, der Obersteuermann heißte ein Signal auf, das dem fremden Segler den Wunsch, mit ihm zu sprechen, ausdrückte.

»Das ist ein großer Ostindienfahrer«, sagte der Kapitän, nachdem er das etwa noch acht Meilen entfernte Schiff durch das Teleskop betrachtet hatte. »Ja, ein mächtig großer Ostindienfahrer«, sagte er, als der Fremde bis auf sechs Meilen herangekommen war, und fünf Minuten darauf: »Alle Wetter, das ist der größte Ostindienfahrer, der mir je vor den Bug gekommen ist!«

Nach abermals fünf Minuten rief er: »Nicht doch, ein Kriegsschiff ist es! Eine Dampffregatte, denn sie führt einen Schornstein achter dem Fockmast, bei der feinen Brise aber spart sie die Kohlen und hat die Feuer ausgehen lassen. Jetzt sehe ich auch die Flagge – es ist ein preußisches Kriegsschiff! Wir wollen beidrehen, Mr. Rick, sie hält auf uns ab.«

Die kleine Mannschaft des *Jupiter* brasste die Großrah back, dasselbe tat gleich darauf auch die Fregatte.

»Das ist die *Gazelle*, die damals bei Borkum lag, als ich meinen letzten Spaziergang mit Onkel Jan machte«, sagte Bernhard zu Doktor Maitland, der mit den beiden Steuerleuten und dem Bootsmann an der Reling stand und allerlei beifällige Bemerkungen über das schöne Kriegsschiff mit ihnen austauschte. »Aber wo ist Westall?«, fragte der junge Mann.

»Dort kommt er«, versetzte der Doktor lächelnd, nach den Kampanjedeck deutend, »er hat erst Toilette gemacht, dem preußischen Kriegsschiff zu Ehren. Er konnte sich doch nicht in seiner Sträflingstracht vor Fremden zeigen; da habe ich ihm von dem Zeug, das die Räuber mir übrig gelassen, das gegeben, was ihm einigermaßen passte. Sieht er nicht ganz menschlich aus?«

Während Bernhard freudig seinem verwandelten Freund entgegeneilte, kam ein Boot von der Fregatte heran. Der Bootsmann und Hopkins hingen die Fallreepstreppe über die Steuerbordseite und gleich darauf erschien der erste Offizier der *Gazelle* an Deck des englischen Sträflingsschiffes.

Kapitän Johnston geleitete den Herrn achteraus in die Kajüte und berichtete ihm ausführlich die Geschichte der Meuterei. Als er schilderte, wie die kleine Schar der Ausgesetzten sich wieder in den Besitz ihres Schiffes gesetzt hatte, da machte der preußische Seeoffizier große Augen.

»Ich wünsche Ihnen Glück, Keppen Johnston«, sagte er in gutem Englisch. »Das war ein kühner Handstreich, den ich aufrichtig bewundere. Außer Ihnen ist also niemand an Bord dieses großen Schiffes, als die beiden Steuerleute, der Bootsmann, der Doktor, die drei Midshipmen, der junge Bankier und der Hauptmann, war's nicht so? Im ganzen also zehn Mann.«

»Verzeihung, auch der Steward und der Kajütsjunge.«

»Gut, also zwölf Mann, und meiner Schätzung nach gehört die dreifache Zahl dazu, das Schiff regelrecht zu bedienen.«

»Ganz recht, Herr Kapitänleutnant«, sagte der Schiffer. »Deswegen wollte ich Ihren Kommandanten bitten, mir eine Hilfsmannschaft an Bord zu geben, uns dann mit der Fregatte nach der Insel zu begleiten und die Meuterer gefangen zu nehmen.«

»Ich zweifle keinen Augenblick daran, dass mein Kommandant Ihrer Bitte entsprechen wird«, antwortete der erste Offizier der *Gazelle*. »Wollen Sie die Freundlichkeit haben, mit mir an Bord zu kommen und Kapitän Sunderland persönlich Ihre Abenteuer zu erzählen und Ihren Wunsch vorzutragen. Zuvor aber haben Sie wohl die Güte, mich den anderen Herren vorzustellen.«

Sie gingen an Deck und hier machte Kapitän Johnston den Seeoffizier mit Doktor Maitland, Obersteuermann Rick, Steuermann Gilbert, Bootsmann Graham, Hauptmann Westall und Bernhard Burgdorf bekannt.

Der Kapitänleutnant schüttelte allen die Hände, sagte, dass es ihm eine besondere Ehre und Freude sei, Männer von solchem Mut, solcher Tüchtigkeit und Entschlossenheit kennengelernt zu haben, und begab sich dann mit Kapitän Johnston an Bord der Fregatte.

Als der Kommandant der *Gazelle* alles erfahren hatte, zögerte er keinen Augenblick, der Bitte des Schiffers zu entsprechen.

»Ich werde Ihnen zwanzig Mann von meiner Besatzung an Bord geben«, sagte er, »und dann soll die Fregatte der Konvoi Ihres Schiffes auf der Fahrt nach der Insel und nötigenfalls auch auf der Fahrt nach Kapstadt sein. Sie können mir hoffentlich die Längen- und Breitenbestimmung der Insel geben.«

»Wenn Sie mir gestatten, meinen Chronometer mit dem Ihrigen zu vergleichen, dann glaube ich, Ihnen die Lage der Insel auf der Karte abstecken zu können«, antwortete Johnston.

Ein Kadett erhielt den Befehl, sich den genauen Stand des Chronometers des *Jupiter* von dem Obersteuermann Rick notieren zu lassen, und mit Hilfe dieser Angabe stellte der Schiffer die Lage der Insel fest.

Eine Viertelstunde darauf kehrte er in der Pinasse der Fregatte mit zwanzig bewaffneten Matrosen, die unter dem Kommando eines Seekadetten standen, an Bord des *Jupiter* zurück. Schon nach wenigen Minuten waren die flinken blauen Jungen in den Toppen hinaufgeentert, und Keppen Johnstons Seemannsherz schlug höher in gerechtem Stolz, als sein Schiff endlich wieder unter voller Leinwand durch die Fluten brauste.

Bernhard und der Seekadett, der sich Paul Normann nannte, waren sehr bald näher mit einander bekannt geworden; unser Held fühlte sich ganz eigentümlich von dem jungen angehenden Seeoffizier angezogen, der ungefähr in seinem eigenen Alter stand und auch nahezu seine Statur hatte.

Die Kadetten der jungen preußischen Marine waren ihm stets als ein munteres, zu allerlei Scherzen und lustigen, vielleicht auch unüberlegten Streichen aufgelegtes Völkchen geschildert worden, er wunderte sich daher, in Normann einen ernsten, zurückhaltenden und schweigsamen jungen Mann zu finden, der nichts als seinen Dienst im Sinn zu haben schien und als Erholung in seiner Kammer nautische Studien trieb.

Am zweiten Tag, nach dem Abendessen, gelang es

Bernhard, den ihm so rätselhaft sympathischen jungen Mann zu einem längeren Verweilen auf dem Kampanjedeck zu bewegen. Er wollte erfahren, ob alle preußischen Kadetten ebenso dienststeifig und auf ihre Studien versessen wären, wie Seekadett Normann.

Ein schwaches Lächeln überflog dessen Antlitz bei dieser Frage.

Im Allgemeinen sind meine Kameraden an Bord wie an Land eine vergnügte Gesellschaft«, sagte er, »sorgenlos, keck und übermütig, wie der Seemannsberuf das so mit sich bringt. Ich schäme mich, zu gestehen, dass ich bis vor kurzem einer der Übermütigsten und Unbesonnensten gewesen bin. Dann aber ereignete sich etwas – genug, ich bin ein ganz und gar anderer geworden.«

»Was war es, das Sie so veränderte?«, fragte Bernhard teilnahmsvoll. »Ist's ein Geheimnis?«

Der Seekadett starrte verloren vor sich hin.

»Es ist etwas sehr trauriges«, antwortete er endlich zögernd. »Das Schicksal sandte mir eine Warnung, die mir nun schwer auf der Seele lastet. Ich rede nicht gern davon.«

»Dann will ich nicht weiter in Sie dringen.«

Beide schwiegen eine Weile. Dann begann Normann aus eigenem Antrieb:

»Ich habe Vertrauen zu Ihnen, Sie sollen alles erfahren. Dann werden Sie verstehen, wie mir ums Herz ist und warum ich zeitlebens nicht wieder froh werden kann. Durch meinen Leichtsinn und meine unsinnige Torheit habe ich zwei Menschen in den Tod getrieben und schweres Unglück über eine Familie gebracht.

Er wendete sich ab und schaute über die See hinaus. »Im November vorigen Jahres lagen wir bei Borkum vor Anker«, fuhr er dann fort. »Ich und einige Kameraden erhielten Landurlaub. Es war nicht viel los auf der kleinen Insel. Gelangweilt schlenderte ich mit dem Kadetten Wintersheim, der bald darauf an Bord der *Vineta* kam, am Strand hin und her. Es war ein stürmischer Abend, die See ging ziemlich hoch und die Küste ist da stellenweise sehr gefährlich.

Wintersheim meinte scherzend, dass es feines Wetter für ein Bad und eine Schwimmfahrt wäre.

»Ein famoser Gedanken«, rief ich. »Ich bin dabei, machst du mit?«

»Ich danke ergebenst«, sagte er, »und du wirst wohl auch nicht so verrückt sein, obgleich es dir ähnlich sähe.«

Im Nu hatte ich mich ausgezogen und war im Wasser, ehe er noch etwas einwenden konnte. Ich hörte ihn noch rufen, sah auch Leute daherkommen, dann aber geriet ich in eine Strömung, die mich weit nach See hinaustrieb. Vergebens kämpfte ich dagegen an, bis ich einen Stoß gegen den Kopf erhielt, wahrscheinlich von einem Stück Treibholz, und die Besinnung verlor. Der Sohn eines auf der Insel ansässigen Herrn hatte meine Not gesehen; er schwamm mir nach und band mich an eine Leine, die von Leuten am Strand eingeholt wurde; das war meine Rettung. Der brave junge Mann aber, dem ich das Leben verdanke, wurde fortgerissen und niemand hat wieder etwas von ihm gehört noch gesehen. Er ist für mich in den Tod gegangen, ebenso der Mann, der sich in einem kleinen Boot aufgemacht hatte, ihn zu suchen. Ja, wohl mögen Sie mich erschrocken anstarren«, fuhr er fort, als Bernhards Blicke in höchster Erregung an seinen Zügen hingen; »Ihr Entsetzen wäre noch größer gewesen, hätten Sie die herzbrechende Klage des unglücklichen Vaters gehört, dessen Sohn sich für mich geopfert hatte. Sie gellt mir jeden Tag auf Neue in den Ohren und ich werde sie hören, solange ich lebe.«

Er verbarg sein Gesicht in den Händen und blickte erst wieder auf, als er Bernhards Schluchzen vernahm. Sanft und liebevoll legte er dem Weinenden die Hand auf die Schulter.

»Ich wusste, dass mein Unglück Ihnen zu Herzen gehen würde und ich danke Ihnen innig für Ihr Mitgefühl«, sagte er. »Gottes Wege ...«

Bernhard unterbrach ihn mit dem Weheruf: »Mein Vater! Mein lieber Vater! Normann! Es war ja mein Vater, der so verzweifelt um den Sohn klagte, um mich, den er verloren glaubte. Haben Sie ihn später nicht wiedergesehen? Hatte er keine Hoffnung, dass ich gerettet sein könnte? Ich hoffe zu Gott, dass er inzwischen meinen Brief aus Kapstadt erhalten haben möge! Und war denn Harmsen auch nicht von dem Feuerschiff zurückgekehrt?«

Der Seekadett antwortete nicht. Leichenblass mit weit geöffneten Augen sah er Bernhard an, ein heftiges Zittern befiel ihn und lautlos sank er nieder an Deck, wo er in tiefer Ohnmacht liegen blieb, bis Doktor Maitland, von Bernhard eiligst herbeigerufen, sich seiner annahm und in die Koje schaffen ließ.

Eine Stunde verging, ehe er wieder zur Besinnung erwachte, und noch eine weitere Stunde verstrich, ehe der Doktor gestattete, dass er aus Bernhards Mund den Fortgang der Geschichte vernehmen durfte, die er selber begonnen hatte.

Das Glück des Seekadetten war unbeschreiblich. Sein Retter lebte, die Last, die so schwer auf seiner Seele gelegen, war von ihm genommen, er war ein neuer Mensch. Jetzt war nur noch Harmsens Geschick aufzuklären. Bernhard hegte jedoch die feste Überzeugung, dass dieser alte Seebär das Abenteuer mit dem Feuerschiff ebenfalls glücklich überstanden habe. Normann hatte keine Zeit gehabt, sich nach seinem Verbleib zu erkundigen, da die *Gazelle* am Tag nach der Katastrophe nach Kiel zurückgekehrt war und eine Woche später, die Reise nach Ostasien angetreten hatte.

Kapitän Sunderland und der Skipper des *Jupiter* waren übereingekommen, dass die Schiffe einander nach Möglichkeit in Sicht behalten sollten, und da das Wetter klar und der Wind stetig blieb, so gelang es ihnen auch. Am Abend des zweiten Tages flaute die Brise plötzlich vollständig ab und zu gleicher Zeit erhob sich eine gewaltige Dünung oder Grundschwell, die während der ganzen Nacht anhielt. Die Schiffe, durch keinen Winddruck gestützt, stampften und schlingerten in ganz unerhörter Weise, so dass das Wasser bald auf Steuerbord, bald auf Backbord hereinschlug, die Nocken der Unterrahen in die Fluten tauchten und Bugspriete und Klüverbäume ihrer ganzen Länge nach unter Wasser kamen.

Gegen Morgen legte sich die See, eine frische Brise aus Südwest machte sich auf und führte den *Jupiter* und seinen Konvoi in schneller Fahrt dem Ziel zu.

Um die Mittagszeit desselben Tages signalisierte der Kommandant der Fregatte Land in nördlicher Richtung. Von dem Ausguck auf der Bramrah des *Jupiter* kam fast zu gleicher Zeit dieselbe Meldung; der Kurs der Schiffe wurde infolgedessen um einige Strich geändert. Einige Stunden später war die Insel nur noch wenige Meilen entfernt. Vom *Jupiter* aus waren durch das Teleskop viele bekannte Punkte zu unterscheiden, aber selbst in größerer Nähe konnte man nirgends menschliche Gestalten wahrnehmen.

»Die Halunken haben uns längst gesichtet und sind nun wie die Ratten in Verstecke geschlüpft«, sagte der Doktor, der mit Bernhard vorn auf der Back stand.

Bernhard war derselben Meinung. »Aber finden Sie nicht auch, Doktor, dass jetzt weniger Bäume dort auf dem Berg stehen, als zu unserer Zeit da waren?«

»Unsinn«, entgegnete Maitland; »sie erscheinen von hier aus gesehen allerdings nicht so zahlreich, aber sie sind alle da, verlassen Sie sich darauf, my boy.«

»Fällt mir nicht ein, darauf verlasse ich mich nicht«, erwiderte der junge Mann mit Entschiedenheit. »Es waren mindestens zweimal so viele Bäume da oben, als wir die Insel verließen.«

»Dann hat die Bande sie gefällt, um Brennholz daraus zu machen.«

»Oder ein Floß«, mutmaßte der Schiffer, der ebenfalls die Back erstiegen hatte.

»Möglich, dass sie diesen Plan hatten«, versetzte der Doktor. »Zur Ausführung aber wird ihnen nun nicht die Zeit bleiben.«

Der *Jupiter* ging auf derselben Stelle zu Anker, wo er vorher gelegen hatte, die *Gazelle* ankerte an der Südseite der Insel.

Nachdem die Segel festgemacht waren, sendete die Fregatte drei Boote mit bewaffneten Matrosen und Seesoldaten an Land, denen sich der Kutter des *Jupiter* mit Kapitän Johnston, Doktor Maitland, Hauptmann Westall, Bernhard Burgdorf sowie mit zehn Marinematrosen unter dem Kommando des Seekadetten Normann anschloss.

Vierzig Mann marschierten den Strand entlang und eine gleiche Anzahl erstieg den Berg. Man hoffte, auf diese Weise die Meuterer zu umzingeln und ohne Gegenwehr gefangen zu nehmen.

Bernhard, Westall und der Doktor hielten sich zu der Abteilung, die den Berg erklomm; sie lugten scharf nach allen Seiten aus, konnten jedoch nirgends ein Anzeichen vom Vorhandensein menschlicher Wesen entdecken.

Ehe noch eine größere Strecke des Abhanges erstiegen war, blieben Bernhard und Westall stehen und blickten einander an.

»Das ist doch merkwürdig«, sagte der Letztere; »ich bin oft genug hier herauf- und hinuntergekommen, habe aber nie zuvor diese Tangmassen und diese großen Muscheln so weit oberhalb der Merkzeichen liegen sehen, die wir für die Hochwassergrenze hielten.«

»Ich auch nicht«, stimmte Bernhard bei. »Aber nicht nur der Tang und die Muscheln sind mir aufgefallen; haben Sie nicht auch die Fischskelette bemerkt, die allenthalben herumliegen? Sehen Sie doch die Vögel, die dort weiter oben zu Hunderten daran herumpicken!«

»Ich sehe«, erwiderte Westall kopfschüttelnd. »Ich finde überhaupt, dass der Abhang ein ganz verändertes Bild zeigt. Wo sind die Gestrüppmassen, die sich dort drüben bis zu den Bäumen hinaufzogen?«

»Die waren ja kaum der Rede wert«, entgegnete Bernhard, »aber da gewesen sind sie, ich erinnere mich, und jetzt ist keine Spur mehr davon zu sehen.«

»Und die Bäume!«, rief der Doktor, der gleichfalls stehengeblieben war und sich verwundert umschaute. »Sie hatten recht, Bernhard. Weit über die Hälfte der Bäume ist verschwunden!«

»Was hat das alles zu bedeuten?«, fragte Westall in

zunehmendem Erstaunen. »Sogar dort oben auf der Höhe finden die Seevögel überreiche Fischnahrung!«

Sie folgten den Marinemannschaften den Berg hinauf. Die Leute schritten mit lauten Äußerungen der Verwunderung über die Tangmassen und die Fischskelette hin und stießen die großen Muscheln mit Fußtritten zur Seite.

Auf der Höhe unter den übriggebliebenen Bäumen machte der Trupp Halt. Kapitän Sunderland, der die Expedition führte, trat an den Doktor heran. Keppen Johnston befand sich bei der Abteilung, die die Felsverstecke am Strand absuchte.

»Befinden wir uns hier vielleicht auf einer unrichtigen Insel?«, fragte er. »Ihre und der anderen Herren zweifelnde und ungewisse Blicke sind mir nicht entgangen.«

»Nicht doch, Herr Kommandant«, antwortete Doktor Maitland. »Die Insel ist dieselbe und doch auch wieder nicht dieselbe. Es hat sich etwas ganz Außerordentliches hier zugetragen. Der Berg erscheint seltsam verändert. Die meisten der Bäume, die bei unserem letzten Aufenthalt hier gestanden haben, sind verschwunden, mit den Wurzeln ausgerissen, wie Sie hier wahrnehmen können. Hier zur Rechten, wo jetzt diese lange Vertiefung ist, erhob sich ein dünenartiger Sandhügel. Während der letzten Tage muss hier etwas Gewaltsames geschehen sein, eine elementare Katastrophe stattgefunden haben. Wie könnten sonst diese zahllosen Fische hier heraufgelangt sein, deren Überbleibsel wir allenthalben sehen, wie alle die Tangmassen und die Muscheln, die dort auf dem Abhang fünfzig Fuß über der Hochwasserlinie liegen?«

»Sogar hier oben haben wir Tang unter den Füßen, sehen

Sie doch!«, sagte Kapitän Sunderland.

»Und die Ursache all dieser Veränderungen in so kurzer Zeit?«, fragte der Doktor.

»Will ich Ihnen erklären«, antwortete der Kommandant der *Gazelle*. »Eine jener großen Flutwellen, die am häufigsten an der Westküste von Südamerika vorkommen, ist über die Insel hergebrochen und hat diese Veränderungen und Zerstörungen hinterlassen.«

»Wunderbar!«, rief der Doktor. »Und die Menschen, die wir vor einer Woche hier zurückließen?«

»Von denen ist keiner mehr am Leben. Kapitän Johnston hat mir von dem ganz ungewöhnlich großen Unterschied der Gezeiten berichtet, den er hier zu beobachten Gelegenheit hatte, und wir alle haben während der Herfahrt mit den ungeheuren Rollern zu tun gehabt, die uns beinahe die Masten über Bord schlingerten.«

»Ich habe mehr als hundert blaue Flecke am Leib von dem Umhergeworfenwerden«, wagte Bernhard leise zu bemerken.

»Das geht Ihnen nicht allein so, davon haben wohl wir alle mehr oder weniger aufzuweisen«, sagte der Kommandant mit freundlichem Blick auf den kecken jungen Mann; dann fuhr er fort:

»Diese Insel ist nicht immer hier gewesen, sie ist wahrscheinlich nur ein Teil einer unterseeischen vulkanischen Bergkette, in der zeitweilig Eruptionen stattfinden. So erklärt sich auch die heftige Grundschwell, die wir gestern erlebten und die mit der Flutwelle in Zusammenhang stand.«

»Es verhält sich, ohne Zweifel so wie Sie sagen, Herr Kommandant«, entgegnete der Doktor. »Auf solche Weise wir auch das Deckhaus hier heraufgeworfen worden sein. Ja, und alle Sträflinge und Meuterer sind fortgerissen und haben ihr Ende in der See gefunden. Keiner ist seiner Strafe entgangen.«

Innerlich ergriffen entfernten sich Bernhard und Westall von dem Trupp der Marineleute und gingen eine weite Schlucht hinab, die sich jenseits des Berggipfels gebildet hatte. Auf dem Grund angelangt, wies Bernhard mit einem Ruf der Verwunderung auf einen bekannten Gegenstand. Es war das Deckhaus, das halb umgeworfen auf einem Haufen von Sand, Gestein und Tang lag. Es bildete, wie jetzt sichtbar war, einen vollständigen Kasten, da die Planken des Decks, auf dem es einst gestanden, noch fest daran hafteten.

Die Tür, verquollen und zugeklemmt, öffnete sich bald unter den Fußtritten der beiden Gefährten.

Es war finster in dem Behälter, da sich die Fenster unterhalb der Sandmassen befanden.

In der geringen, durch die Tür einfallenden Helligkeit glaubten sie in einer Ecke die Umrisse einer menschlichen Gestalt wahrzunehmen.

Westall kroch hinein, Bernhard folgte ihm, und nun gewahrten sie noch eine zweite Gestalt, die an der einen Schmalseite des Hauses auf den schrägen Decksplanken lag.

Die Gestalt in der Ecke war der Leichnam Clarks, des Goldsuchers. Er saß mit ausgestreckten Beinen, den Rücken an die Wand gelehnt. Die Hände hielten einen Gegenstand fest an die Brust gedrückt.

Näher herantretend erkannte Bernhard diesen Gegenstand.

Es war das Stück Goldquarz, auf das der unglückliche Mann alle seine überschwänglichen Hoffnungen gesetzt hatte. Er hatte daran festgehalten bis in den Tod.

Während Bernhard die Leiche des Mannes betrachtete, der das Unheil über den *Jupiter* gebracht hatte, machte sich Westall mit dem anderen Leichnam zu schaffen, der mit dem Gesicht in einem Haufen von Sand und Tang lag, der noch von Wasser triefte. Er wendete ihn um und erkannte nun in dem Toten seinen ehemaligen Burschen Kade.

»Jetzt ist alles verloren!«, sagte er dumpf und schmerzvoll. »Die letzte Hoffnung ist dahin! Ich hatte gemeint, ihn noch einmal zum Geständnis der Wahrheit bringen zu können. Vorbei, alles vorbei!«

»Nur nicht den Mut verlieren, lieber Freund«, tröstete Bernhard. »Ihre Schuldlosigkeit kommt wohl noch einmal auf andere Weise an den Tag.«

Westall schüttelte stumm den Kopf und verließ das Deckhaus.

Da fiel Bernhards Blick auf eine blecherne Tabaksdose, die neben dem Toten lag. Er hob sie auf und öffnete sie mechanisch. Sie enthielt einige zusammengewickelte beschriebene Papiere, die mit Zwirn fest umwickelt und an die Adresse von Mrs. Westall gerichtet waren. Auf der anderen Seite war zu lesen:

»Wer diesen Brief findet, wird um der Liebe Gottes willen herzlich gebeten, ihn an seine Adresse zu senden; er täte damit ein Werk, das der Himmel reich belohnen würde.«

Im nächsten Moment war Bernhard im Freien und rannte auf Westall zu, der am Abhang saß und den Kopf in die Hände stütze.

»Hier!«, rief er. »Das steckte in Kades Tabakbüchse, die Sie übersehen hatten.«

Westall griff nach dem Päckchen riss den Zwirn ab. Als er die erste Seite gelesen hatte, erhob er die Hände gen Himmel und rief: »Dank dir, mein Gott, dank dir für diese Gnade!«

Und sich auf Bernhards Schulter lehnend, brach er in Tränen aus.

»Ich wusste es ja!«, jubelte dieser. »Sie brauchen mir gar nichts weiter zu sagen; das ist Kades Beichte! Von Anfang an wusste ich, war ich ganz fest überzeugt davon, dass Ihre Unschuld an den Tag kommen müsste.«

»Und Sie hatten recht. Jetzt kann ich wieder mit erhobenem Haupt unter den Menschen einhergehen.

Hier, lesen Sie.«

Bernhard nahm das Schreiben, dessen Schrift und Ausdrucksweise die geringe Bildung des Schreibers verriet.

»Sie haben mich und einen anderen zum Tod verurteilt«, so begann es, »weil wir den Eid gebrochen hätten, den wir Clark geschworen. Ich hatte aber nur gesagt, Clark habe nicht das Recht, den Croker zum Steuermann zu machen, der Posten käme mir zu, weil ich Clark das Geld gegeben, die Mannschaft der *Bonnie Lassie* zu bestechen. Croker drang darauf, dass wir erschossen würden, und das wäre auch geschehen, wenn wir nicht die Insel in Sicht gekriegt hätten, denn nun sagte Clark, wir sollten ausgesetzt werden, weil er kein Blut mehr vergossen haben wollte, denn kurz zuvor hatte Croker den Charlie Jones totgestochen.

Sie, Madam, sind immer gut gegen mich gewesen und ich habe so großes Elend über Sie und Ihre Familie gebracht. Ich kann nicht sterben, ohne meine Sünde zu bekennen, und ich hoffe, dass alles wieder gut wird. Der Hauptmann war an Bord des *Jupiter*, das erfuhr ich aber nicht eher, bis er mit dem Kapitän und den anderen im Kutter war, von wo aus er noch sieben Mann von Meuterern niedergeschossen hat.«

Und weiter hieß es in dem Bekenntnis, dass der Wechsel, den Hauptmann Westall gefälscht zu haben beschuldigt wurde, in Wirklichkeit von dessen Vetter Ralph gefälscht worden war. Kade hatte von diesem Ralph dreihundert Pfund erhalten, um den Wechsel zu Geld zu machen und, wenn nötig, vor Gericht zu beschwören, das Papier vom Hauptmann Westall erhalten zu haben. Der Brief gab auch an, wo ein Brief von Ralph zu finden sei, der dies alles bestätigte.

Ferner berichtete der Schreiber, wie Kade mit Clark bekannt geworden war, wie dieser ihn bewogen hatte, seine Entlassung aus der Armee zu bewirken und sich der Goldsucherexpedition anzuschließen. Wie er und die anderen sich gegen Kapitän und Offiziere der *Bonnie Lassie* empört und sie gezwungen hatten, die Bark in den Booten zu verlassen, und wie schließlich die Bark in einem Wirbelsturm entmastet und leck geworden war.

Bernhard gab den Brief zurück.

»Wenn mir der Ralph in die Hände kommt«, rief Westall knirschend, »dann werde ich ihn ...«

»Nein, das werden Sie nicht«, unterbrach ihn Bernhard. »Ich kenne Sie besser.«

»Gut. Sei er der ewigen Vergeltung anheimgegeben.«

»Von der haben wir ein Beispiel erlebt«, sagte Bernhard.

Sechzehntes Kapitel.

*Nach Kapstadt und London und heim. - Warum Vater
Adrian dem Doktor die Rechte entgegenstreckt.
Was Onkel Jan sagte. - Clarks Goldland.*

Die traurigen Reste Clarks und Kades erhielten ein christliches Begräbnis im Sand unter den Bäumen; andere Leichname wurden nicht mehr gefunden.

Wohl aber entdeckte man die Wrackstücke der beiden Boote zwischen den Klippen des Strandes, wohin sie von der Brandung geschleudert worden waren. Es war offenbar, dass eine gewaltige Flutwelle über die Insel dahingefegt war und die Meuterer bis auf den letzten Mann mit sich in die Tiefe gerissen hatte. Clark und Kade hatten beim heranbrausen des ungeheuren Wasserschwalles Zuflucht in dem Deckhaus gesucht und waren darin zu Tode gekommen.

Die Expedition der beiden Schiffe war also erfolglos gewesen; sie gingen nunmehr gemeinschaftlich nach Kapstadt unter Segel, da der Kommandant der *Gazelle* sich für verpflichtet erachtete, die Hilfsmannschaft so lange an Bord des *Jupiter* zu belassen, bis Kapitän Johnston neue Leute anmustern konnte.

Bernhard und der Seekadett Normann verbrachten noch manche glückliche Stunde miteinander, und als es zum Abschied ging und die Fregatte ihre Reise nach Ostasien fortsetzte, da wusste jeder, dass er in dem anderen einen Freund bis an sein Lebensende gefunden hatte.

Der *Jupiter*, das ehemalige Sträflingsschiff, machte sich auf die Heimfahrt nach London, wo unser junger Held auch wohlbehalten anlangte.

Kurz vor der Themsemündung hatte Doktor Maitland Bernhard erzählt, was sich zwischen ihm und dessen Eltern zugetragen hatte.

»Als Ihre Mutter noch eine Miss Magruder war, da liebte ich sie und träumte von einem glücklichen Leben dereinst an ihrer Seite. Sie aber bevorzugte meinen Freund, den Bankier Adrian Burgdorf, der sich damals in London aufhielt. Ich habe deswegen viel Leid getragen. Nun ist sie dahin.

Ein seltsames Geschick hat Sie, ihren einzigen Sohn, hier an Bord geführt und es wurde mir gestattet, Ihnen Freundschaft zu erweisen. Dafür bin ich Gott dankbar. Ihr Vater hat eine lange Zeit Groll gegen mich gehegt, obgleich ich ihm weder etwas Böses gewünscht noch getan habe. Nun aber will ich ihm seinen Sohn wiederbringen, das wird ihn versöhnen. Ich begleite Sie nach Borkum.«

* * *

Der *Jupiter* lag vertäut an seinem Dock. Bernhard verabschiedete sich von dem Schiffer und dessen Offizieren und besonders herzlich von Westall. Dann reiste er mit dem Doktor nach Hause.

Adrian Burgdorf drückte den so schmerzlich betrauerten Sohn lange und innig an sein Herz, dann streckte er dem Doktor stumm aber mit sprechendem Blick die Rechte hin. Die alte Freundschaft war wieder erneuert.

Harmsen, der Bootsmann, kam, seinen jungen Herrn zu bewillkommnen, und Onkel Jan vergoss Freudentränen.

Nachdem Bernhard volle vier Stunden hatte erzählen müssen, ergriff der würdige Herr das Wort und sagte bedächtig:

»Ich knüpfe an die Unterhaltung an, die wir an jenem stürmischen Novemberabend am Strand führten und die so jäh unterbrochen wurde. Abenteuer, so etwa sagte ich, Abenteuer sind ungesund. Sie sind unterhaltsam, wenn man sie in Büchern liest, die menschliche Glückseligkeit aber wird durch sie nicht gefördert, im Gegenteil, zumeist geschädigt. Wie denkst du heute darüber, lieber Neffe?«

»Ich werde dir nie mehr widersprechen, Onkel Jan«, antwortete Bernhard. »Ich habe so viel Abenteuer erlebt, dass ich mein ganzes übriges Leben damit auskommen werde. Jetzt will ich meine ganze Kraft einsetzen, ein tüchtiger Geschäftsmann zu werden.«

Der Hauptmann Westall legte seine Angelegenheit und das Bekenntnis Kades in die Hände seines Rechtsbeistandes und hatte nach Verlauf einiger Zeit die Genugtuung, allen Verdachtes enthoben und glänzend freigesprochen zu werden.

Herr Adrian Burgdorf ließ sich angelegen sein, dem Kapitän Johnston und dessen Offizieren seine Dankbarkeit zu beweisen, wobei auch Graham, der Bootsmann und Pat, der Steward, nicht vergessen wurden.

Es sei noch hinzugefügt, dass alle in dieser Erzählung aufgeführten Hauptpersonen nach Möglichkeit miteinander in freundschaftlicher Verbindung blieben. Bernhard wurde der Chef der alten Bankfirma, die unter seiner Leitung auch noch eine Filiale in London erhielt, und er und Doktor

Maitland und Kapitän Johnston stellten, als nach Jahren ein neues Goldland in Australien entdeckt wurde, mit Sicherheit fest, dass jene Gegend dieselbe war, aus der Clark sein Stück Quarz mitgebracht hatte.

Der *Jupiter* aber ist das letzte Sträflingsschiff gewesen, das von England über den Ozean ging.

Worterläuterungen.

Achterdeck	Erhöhtes Deck im achteren Teil des Schiffes
anbrassen	Die Rah stärker in Längsrichtung des Schiffes ausrichten
anpreien	Anrufen mit einem Sprachrohr
aufgeien	Die Segel zusammenraffen
backschlagen	Die Segel schlagen rückwärts
Backstagsbrise	Guter Segelwind von hinten
Bark	Segelschiffstyp mit mindestens drei Masten
Blöcke	Rollen zur Veränderung der Zugrichtung von Tauen
Brigg	Zweimastiges Segelschiff
Ducht	Sitzbank im Ruderboot
Eintörnen	Sich in die Koje legen
Faden	Längenmaß für Wassertiefen (1 Faden=1,88 m)
Fall	Tau zum Hochziehen eines Segels
Fallreep	Feste Treppe oder Strickleiter an der Bordwand
Fockmast	Vorderer Mast eines Dreimasters
Gaffel	Verschiebbar am Mast befestigtes, schräg nach oben ragendes Rundholz
Gig	Leichtes Beiboot
Glasen	Die Glasenuhr gibt durch Glockenschläge (Glasen) die Uhrzeit an
Gräting	Begehbarer Gitterrost auf Schiffen
Großsegel	Unterstes Segel am Großmast
Großtopp	Oberstes Stück des Großmastes

Hellegatt	Enger Lagerraum ganz unten im Schiff
Kabellänge	Ein Kabel bezeichnet den zehnten Teil einer Seemeile und beträgt 185,2 m
Kampanje	Hinterer Aufbau an Deck
Leeseite	Die dem Wind abgewandte Seite
Log	Messgerät zur Bestimmung der Fahrt
Luvseite	Die dem Wind zugewandte Seite
Marssegel	Segel, das an eine Rah der Marsstenge angeschlagen wird
Marsstenge	Teil des Mastes oberhalb der ersten Saling, der Marssaling
Rah	Segeltragender Bestandteil der Takelage
Reff	Vorrichtung zum Verkleinern eines Segels
Riemen	Ruder
rojen	rudern
Rüst	Gebolzte starke Planke
Saling	Holzkonstruktion, zu beiden Seiten neben dem Mast
Schanzkleidung	Bordwand oberhalb des Oberdecks zum Schutz gegen Wellen
Schoner	Segelschiff mit zwei oder mehr Masten
Schot	Tau zum Lenken eines Segels
Spanten	Tragende Bauteile zur Verstärkung des Schiffsrumpfes
Spiere	Rundholz
Spill	Drehbare Vorrichtung zum Einholen von Trossen oder der Ankerkette
Stag	Verspannungstaue. »Über Stag gehen«: Der Bug wird durch den Wind gedreht

Stenge	Verlängerung des Mastes auf einem Segelschiff
Talje	Flaschenzug auf dem Schiff
Tonnen	Maßeinheit für den Raumgehalt eines Schiffes
Trimm	Ausrichten eines Schiffs in die richtige Lage
trimmen	Die Segel so stellen, dass der Wind sie voll ausnutzt
Törn	Zeitabschnitt, während dessen ein Mann am Ruder zu stehen hat
Vortopp	Spitze am Vormast
Wanten	Seile, mit denen die Masten verspannt werden